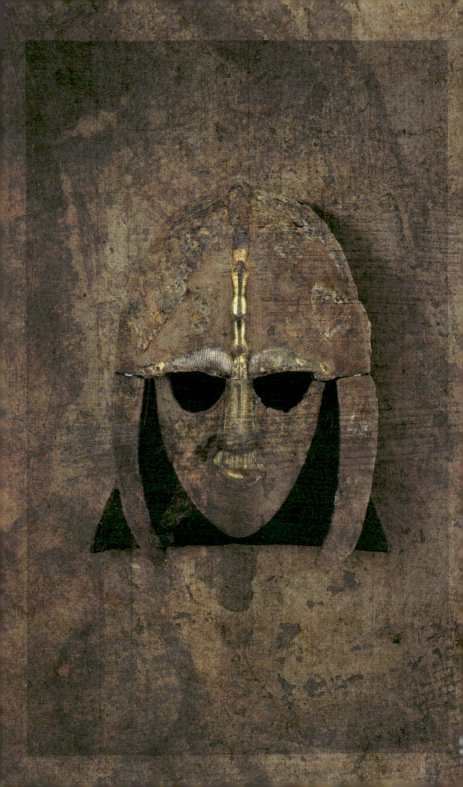

A BATALHA DE MALDON

J.R.R. TOLKIEN
A BATALHA DE MALDON

junto com

O REGRESSO DE BEORHTNOTH,
FILHO DE BEORHTHELM

e

"A TRADIÇÃO DA VERSIFICAÇÃO
EM INGLÊS ANTIGO"

Editado por
PETER GRYBAUSKAS

Tradução de
EDUARDO BOHEME *e*
REINALDO JOSÉ LOPES

Rio de Janeiro, 2023

Título original: *The Battle of Maldon*
Copyright © The Tolkien Estate Limited, 1953, 2023
Introdução, notas e comentários © Peter Grybauskas, 2023
Todos os direitos reservados à HarperCollins *Publishers*.
Copyright de tradução © Casa dos Livros Editora LTDA., 2023

Os pontos de vista desta obra são de responsabilidade de seus autores, não refletindo necessariamente a posição da HarperCollins Brasil, da HarperCollins *Publishers* ou de sua equipe editorial.

®, TOLKIEN® e *J.R.R.Tolkien* são marcas registradas da The Tolkien Estate Limited.

Publisher	*Samuel Coto*
Editora	*Brunna Prado*
Assistente editorial	*Camila Reis*
Estagiárias editoriais	*Bruna Cavalieri, Giovanna Staggmeier* e *Renata Litz*
Produção gráfica	*Lúcio Nöthlich Pimentel*
Preparação de texto	*Jaqueline Lopes*
Revisão	*Gabriel Oliva Brum* e *Leticia Oliveira*
Diagramação	*Sonia Peticov*
Adaptação da capa	*Alexandre Azevedo*

Dados Internacionais de Catalogação na Publicação (CIP)
(BENITEZ Catalogação Ass. Editorial, MS, Brasil)

T589b 1. ed.	Tolkien, J.R.R. (John Ronald Reuel), 1892-1973 A batalha de Maldon e o regresso de Beorhtnoht / J.R.R.; tradução Eduardo Boheme, Reinaldo Lopes de Azevedo. – 1. ed. – Rio de Janeiro: HarperCollins Brasil, 2023. 224 p.; 13,5 x 20,8 cm. Título original: *The Battle of Maldon together with the Homecoming of Beorhtnoth* ISBN: 978-65-5511-432-4 1. Inglês antigo. 2. Poesia inglesa. 3. Tolkien, J.R.R., 1892-1973. I. Boheme, Eduardo. II. Azevedo, Reinaldo Lopes de. III. Título.
03-2023/23	CDD: 823

Índice para catálogo sistemático:
1. Ficção: Literatura inglesa 823

Bibliotecária: Aline Graziele Benitez CRB-1/3129

HarperCollins Brasil é uma marca licenciada à Casa dos Livros Editora LTDA.
Todos os direitos reservados à Casa dos Livros Editora LTDA.
Rua da Quitanda, 86, sala 218 — Centro
Rio de Janeiro — RJ — CEP 20091-005
Tel.: (21) 3175-1030
www.harpercollins.com.br

Para Marie, Bruno e Flavia

Sumário

Prefácio	9
Agradecimentos	11
Introdução	13
PARTE UM: O Regresso de Beorhtnoth, Filho de Beorhthelm	21
I. A Morte de Beorhtnoth	22
II. O Regresso de Beorhtnoth, Filho de Beorhthelm	26
III. Ofermod	63
Notas	71
PARTE DOIS: A Batalha de Maldon	87
Nota introdutória	89
A Batalha de Maldon, traduzido por J.R.R. Tolkien	92
Notas	102
PARTE TRÊS: A Tradição da Versificação em Inglês Antigo	115
APÊNDICES	155
I. "Prosódia do Inglês Antigo"	157
II. A Tradição da Versificação em Inglês Antigo [continuação]	162

III. Aliteração em "G" em *A Batalha de Maldon*   173
IV. Um Antigo Regresso Rimado   176
V. Desenvolvimentos Notáveis nos Rascunhos
de *O Regresso*   200
VI. Provando o Pudim: *O Regresso* em diálogo
com o Legendário   207

Bibliografia   219

Prefácio

"Voltar para casa morto e sem cabeça (como o fez Beorhtnoth) não é muito prazeroso." [*Cartas*, n. 229]. Foi assim que Tolkien ironizou em uma carta à editora Allen & Unwin em 1961, sagazmente capturando a essência de *O Regresso de Beorhtnoth* (doravante chamado de *O Regresso*), ao mesmo tempo em que expressava sua frustração quanto a uma descrição superficial do poema como se ele se tratasse de "outro famoso regresso", uma das muitas apresentações equivocadas de sua obra feitas pelo primeiro tradutor sueco de *O Senhor dos Anéis*.

Leituras equivocadas como a sobredita não são incomuns quando se trata de *O Regresso*; por muitos anos, o texto manteve certa reputação de ser uma obscuridade no cânone de Tolkien. Poderíamos dizer que o precedente foi aberto desde o início. Foi publicado pela primeira vez em 1953, em um volume do periódico acadêmico *Essays and Studies* — apesar do fato de *O Regresso* ser, no coração de seu autor, uma peça em verso aliterante. Sua canhestra presença no periódico certamente não passou despercebida por Tolkien, que inclui uma espécie de justificativa encabulada na abertura de "Ofermod", o ensaio crítico que segue seu drama em verso. Ao mesmo tempo em que essa nota final acadêmica — que provavelmente conquistou o lugar de *O Regresso* no periódico — recebeu considerável ímpeto (primeiro entre estudiosos de *A Batalha de Maldon* e, depois, entre aqueles interessados pelas histórias do próprio Tolkien), o resto do texto foi amplamente negligenciado, quando não terrivelmente mal compreendido. Para citar um exemplo notório: em algumas livrarias online, a sinopse padrão de *Árvore e Folha* — a antologia mais recente a incluir uma reimpressão de *O Regresso* — ainda hoje afirma erroneamente que os leitores serão "apresentados à tradução do relato de Tolkien da *Batalha de Maldon*, conhecida como *O Regresso de Beorhtnoth*".

Esta nova edição de *O Regresso*, nas raias do 70º aniversário de sua primeira publicação, procura esclarecer essa confusão e fazer suas qualidades poéticas e acadêmicas únicas brilharem: é o raro espécime completo da maestria de Tolkien na poesia aliterante em inglês moderno e o repositório de algumas das reflexões mais elucidativas do autor acerca de heroísmo, guerra e tradição poética.

Para que esse objetivo pudesse ser mais bem atingido, tenho o prazer de apresentar aqui, junto de *O Regresso*, dois trabalhos intimamente relacionados a ele, mas até agora inéditos: a tradução em prosa que Tolkien fez de *A Batalha de Maldon*, o poema anônimo que inspirou os acontecimentos no seu drama em verso, acompanhada de notas selecionadas e comentário; e "A Tradição da Versificação em Inglês Antigo", um ensaio abrangente sobre a natureza da tradição poética e artística e sobre o lugar de *Maldon* dentro do cânone antigo em língua inglesa. Para os leitores que desejarem se aprofundar, os apêndices incluem excertos adicionais do trabalho acadêmico de Tolkien com *Maldon*, uma versão antiga de *O Regresso* na forma de um diálogo rimado com um resumo do desenvolvimento criativo de *O Regresso* e (de minha própria lavra) uma breve reflexão sobre como esse texto poderia ser posto em diálogo com as histórias do legendário de Tolkien. Espero que os leitores, novos e antigos, encontrem aqui algo de interesse.

Agradecimentos

Este projeto recebeu muita ajuda na sua jornada. Sou grato a Cathleen Blackburn e ao Tolkien Estate por confiar o trabalho a mim, e a Chris Smith e Sophia Schoepfer da HarperCollins por sua paciência e cuidado ao conduzi-lo para publicação. Pelo auxílio cortês (pessoal e remotamente) no acesso aos manuscritos de Tolkien, meus sinceros agradecimentos a Catherine McIlwaine, Arquivista de Tolkien na Biblioteca Bodleiana. Pelo apoio constante e duradouro, agradeço a Verlyn Flieger, em cujo seminário de pós-graduação ouvi as vozes de Tída e Totta pela primeira vez. Por generosamente ceder seus olhos afiados na interpretação da letra de Tolkien, sou grato a Carl F. Hostetter. Pelo encorajamento e companhia acadêmica abundantes, agradeço a Michelle Markey Butler, Chip Crane e Eleanor Simpson. Por fim, gostaria de agradecer à minha família, a quem dedico este livro.

Introdução

Envasando *O Regresso de Beorhtnoth*

O Regresso desafia categorizações simples. Pode ser lido como escrita acadêmica, drama em verso aliterante ou ficção histórica; já foi descrito como coda, epílogo, sequência e *prequel* de *A Batalha de Maldon* — e tudo isso é bem verdade. Alguns leitores talvez prefiram deixar discussões introdutórias de lado, ou pelo menos adiá-las, e entrar candidamente no texto; mas, para os que desejam uma breve cartilha, incluo um simples resumo do conteúdo de *O Regresso* nos três parágrafos a seguir.

O texto tem três partes. No centro está um diálogo dramático em verso aliterante (*O Regresso* propriamente dito) que relata a jornada fictícia de dois serviçais do Ealdormano (ou Duque) Beorhtnoth: Torhthelm (Totta) e Tídwald (Tída), enviados pelo abade de Ely para resgatar o corpo do seu senhor na noite após uma batalha entre os ingleses e as forças vikings perto de Maldon em 991, evento celebrado em *A Batalha de Maldon*, um fragmento que sobreviveu da poesia em inglês antigo. Totta "é um jovem, filho de menestrel; sua cabeça está cheia de antigas baladas" sobre as lendas do Norte; Tída, por outro lado, é um "velho lavrador que tinha visto muitas lutas", ainda que nenhum deles tivesse lutado na batalha do dia anterior.

À medida que essa estranha dupla vaga pela sujeira e pelo sangue do campo de batalha, procurando no escuro pelo corpo decapitado de Beorhtnoth, seu diálogo explora as tensões entre juventude e velhice, romance e realismo, cosmovisões pagã e cristã. Depois de muita labuta e uma briga com ladrões de corpos desesperados, o que acaba deixando mais um morto sem necessidade, os dois conseguem colocar o corpo do duque na carroça e então partem na longa estrada até a abadia de Ely. Totta, meio adormecido na carroça, tem uma visão onírica na qual murmura os mais famosos versos do (até então não escrito) poema anglo-saxão *Maldon*, sugerindo que um dia talvez ele viria a escrevê-lo. Seu sonho é interrompido por um solavanco na estrada acidentada, e o pano cai com os monges de Ely cantando o Ofício de Defuntos em latim. Seu cântico, brevemente interrompido por uma misteriosa voz no escuro, encerra a lúgubre história do regresso de Beorhtnoth.

Esse núcleo dramático-poético é precedido por "A Morte de Beorhtnoth", uma nota histórica prefacial sobre a batalha e seu desfecho; e sucedido por "Ofermod", um ensaio que explora o tratamento dado ao heroísmo no poema inglês antigo, argumentando (com aprumo e na contramaré) que o poeta anônimo critica com severidade o cavalheiresco erro de Beorhtnoth ao deixar a tropa viking, muito maior, alcançar terra firme por uma rampa estratégica, para que a luta fosse "justa". Esses dois ensaios foram evidentemente escritos para contextualizar o drama em verso e para se adequar ao público acadêmico do periódico *Essays and Studies*, e foram mantidos em reimpressões subsequentes (inclusive no presente volume).

Devido à natureza híbrida do texto, acaba sendo um desafio encontrar lugar para ele na prateleira de livros de Tolkien. Se visto como um todo, talvez seja a melhor demonstração da maneira como os "estudos acadêmicos [de Tolkien] fertilizavam sua imaginação", produzindo o que Alan Bliss chama de "combinação única de erudição filológica e imaginação poética" ("Canute and Beorhtnoth", p. 335; *Finn and Hengest*, prefácio). O drama em verso por si só poderia confortavelmente se acomodar junto de outros exemplos dos experimentos de Tolkien em ressuscitar no inglês moderno a métrica aliterante do inglês antigo. Alguns deles, como *The Fall of Arthur* [A Queda de Arthur], parecem partilhar do interesse de *O Regresso* em combinar as tradições do mundo primário e os ciclos de lendas que Tolkien amava e estudava. Mas muitos exemplos notáveis também adentram seu legendário, incluindo sua enorme, antiga e incompleta *Balada dos Filhos de Húrin* (em *As Baladas de Beleriand*), assim como poemas mais curtos como "A Canção dos Morros de Mundburg" em *O Senhor dos Anéis*. Se for lido como a coda imaginativa da Batalha de Maldon — ou como a história que deu origem ao poema que celebra a batalha — assemelha-se a outras "reconstruções" criativas como *Sellic Spell*, o tipo de estória de fadas que Tolkien supunha jazer na origem do *Beowulf* que conhecemos. Se dermos maior ênfase ao ensaio "Ofermod", o texto encontra um lugar ao lado de "*Beowulf*: The Monsters and the Critics" [*Beowulf*: Os Monstros e os Críticos], e outros trabalhos de crítica literária. E, como parece ser o caso com qualquer obra de Tolkien, acadêmica ou criativa, publicada antes de 1954, ele será inevitavelmente julgado, em parte, por qualquer luz tênue que jogue na natureza ou no desenvolvimento de *O Senhor dos Anéis*, sem dúvida a obra-prima de Tolkien. Nesse sentido, *O Regresso* atrai escrutínio adicional por ter sido publicado menos de um ano antes de *A Sociedade do Anel*.

"Beorhtnoth se foi, não Béowulf antigo",[*] Tídwald admoesta seu jovem companheiro no drama em verso, mas ele bem poderia estar se dirigindo a nós também. Afinal, a *Batalha de Maldon* — mais recente, mais breve e majoritariamente histórica — mal se pode comparar a *Beowulf*, a pedra-ímã da imaginação de Tolkien, uma fonte aparentemente inesgotável para sua reflexão acadêmica e inspiração criativa. Mas, excetuando-se *Beowulf*, *A Batalha de Maldon* bem pode ter sido "o poema em inglês antigo que mais influenciou a ficção de Tolkien" (Holmes em *The J.R.R. Tolkien Encyclopedia*). Retomarei esse assunto no apêndice final deste livro.

---

[*] No inglês, "Beorhtnoth we bear not Béowulf here", ou seja, "É Beorhtnoth que estamos carregando aqui, e não Béowulf". [N. T.]

O MANUSCRITO E A HISTÓRIA DA PUBLICAÇÃO

Uma grande coleção de manuscritos sem data e datiloscritos relacionados a *O Regresso* encontra-se na Biblioteca Bodleiana em Oxford, coleção essa identificada como *MS. Tolkien 5*. Thomas Honegger, em um artigo de 2007 no periódico *Tolkien Studies*, rotula os onze textos em *MS. Tolkien 5* cronologicamente de *A* até *K*, e usa a letra grega α para se referir a um fragmento antigo publicado por Christopher Tolkien em *A Traição de Isengard*. Os rascunhos delineiam a transformação da obra — ora sutil, ora radical — de um breve diálogo rimado (como na versão *A*) até o drama maduro em verso aliterante com o aparato acadêmico apenso contido no datiloscrito final que Tolkien enviou para a editora (versão *K*). Aqui e ali há outros fragmentos, talvez mais antigos. Christopher Tolkien descreve um texto mal-acabado, rabiscado na parte de trás de uma versão do poema "Errantry" [Vida Errante] de Tolkien, e observa que um texto ainda mais antigo pode ser encontrado em meio às ilustrações de Tolkien guardadas na Biblioteca Bodleiana, no verso de um esboço a lápis de uma paisagem rural (*TD* [Tolkien Drawings] 88, f. 24). O Arquivo Tolkien-Gordon na Universidade de Leeds também preserva um rascunho antigo do diálogo rimado que parece se encaixar entre as versões *B* e *C* da Biblioteca Bodleiana.

Segundo Christopher Tolkien, esses fragmentos, os mais antigos a sobreviverem, chegam a datar do início dos anos 1930, mais de vinte anos antes da consequente publicação em 1953. Os estágios da longa gestação do texto não foram datados com muita clareza; o biógrafo de Tolkien, Humphrey Carpenter, observa apenas que ele "já existia em 1945". A importância dessa data é esclarecida pela observação de Christopher Tolkien na Nota ao Texto publicada em *The Lay of Aotrou and Itroun* [A Balada de Aotrou e Itroun]: "Meu pai visitou Aberystwyth como examinador em junho de 1945 e deixou com seu amigo, o Professor Gwyn Jones, vários trabalhos inéditos, *Aotrou e Itroun*, *O Regresso de Beorhtnoth* e *Sellic Spell*". Que estágio *O Regresso* tinha alcançado em 1945 permanece obscuro, mas, oito anos depois, ele acabaria dividindo espaço com "Language, Style, and the Anglo-Welsh" [Linguagem, Estilo e os Anglo-Galeses], de Gwyn Jones, no mesmo volume de *Essays and Studies*.

Desde sua publicação inicial em outubro de 1953, *O Regresso* tem sido reimpresso em várias antologias, incluindo *The Tolkien Reader* (1966), *Poems and Stories* (1980) e edições mais recentes de *Árvore e Folha*. Excetuando-se um livreto de tiragem limitada em 1991, a presente edição é a primeira publicação independente de *O Regresso*.

PERFORMANCES E GRAVAÇÃO

A primeira nota de rodapé no ensaio "Ofermod" afirma que o drama em verso tem a "intenção de que funcione como uma recitação para duas pessoas, duas formas em 'vaga sombra'", mas, é claro, "nunca teve uma montagem". Contudo, isso deixou de ser verdade logo após a publicação de *O Regresso*: a estação Third Programme da BBC produziu uma adaptação radiofônica transmitida pela primeira vez em 3 de dezembro de 1954 e que foi então reprisada em 17 de junho do ano seguinte. Alguns registros da correspondência dessa época entre Tolkien e Rayner Happenstall da BBC sobrevivem — no fim, Tolkien ficou insatisfeito com a produção. De fato, ele produziu sua própria versão do drama durante a preparação da performance da BBC; ele "gravou a coisa toda em fita", incluindo efeitos sonoros criados em seu escritório. Essa gravação foi incluída em uma fita cassete, juntamente com a leitura que Christopher Tolkien fez de "A Morte de Beorhtnoth" e "Ofermod", e presenteada aos participantes da Tolkien Centenary Conference, realizada em Oxford em 1992.

O TRABALHO DE TOLKIEN COM
A BATALHA DE MALDON

Como será mostrado neste livro, *O Regresso* é apenas um seleto fruto tardio do trabalho muito mais longo de Tolkien com *A Batalha de Maldon*. Assim, parece apropriado finalizar esta introdução com algumas palavras do que se sabe acerca dos encontros de Tolkien com o poema que ele descreve como sendo "o último fragmento sobrevivente do antigo cancioneiro heroico inglês".

Tais encontros certamente remontam, no mínimo, aos seus dias de graduação (1911–1915) no Exeter College, Oxford, quando *A Batalha de Maldon* teria sido uma pequena, mas inescapável, parte do curso de Inglês — assim como acontece hoje para alunos de inglês antigo. Stuart Lee observa que o exemplar pessoal de Tolkien do *Anglo-Saxon Reader* de Henry Sweet, escrito e datado do Michaelmas* de 1911, contém várias anotações marginais sobre *A Batalha de Maldon* ("*Lagustreamas*", p. 158). Anos depois, o poema naturalmente fez parte de seu repertório como professor, particularmente no período em que foi Professor Rawlinson e Bosworth de Anglo-Saxão (1925–1945) no Pembroke College, onde há pelo menos dois registros de palestras agendadas sobre *Maldon*, em 1928 e 1930 (*Chronology*, pp. 156, 165). Em 1937, E.V. Gordon, amigo de Tolkien e antigo colega na Universidade de Leeds, publicou aquela que seria por muitos anos a edição padrão de *Maldon*. Ainda que não tenha sido uma colaboração oficial como fora em 1925, na coedição de *Sir Gawain e o Cavaleiro Verde*, Gordon agradece a Tolkien no prefácio por suas "muitas correções e contribuições", e observa que Tolkien, "com característica generosidade, deu [a ele] a solução para muitos dos problemas textuais e filológicos discutidos" na edição (p. vi).

As pegadas de *Maldon* nos escritos publicados de Tolkien fora de *O Regresso* são superficiais, ainda que, é claro, não estivesse longe da mente de Tolkien na famosa palestra "*Beowulf*: The Monsters and the Critics", em que "as palavras de Byrhtwold" (vv. 312–13 de *Maldon*) são descritas como a "expressão doutrinal" da "exaltação da vontade invicta" (*MC*, p. 18). Uns trinta

---

* O primeiro dos três períodos letivos da Universidade de Oxford, iniciado em setembro. [N.T.]

anos depois, no poema "For W.H.A." [Para W.H.A.], parte da coleção de tributos na revista *Shenandoah* pelo sexagésimo aniversário de W.H. Auden, Tolkien recordou o xará lendário de seu amigo: "Tombado em combate o rebento de Wighelm, / à beira do Blackwater, com Byrhtnoth ao seu lado / no célebre insucesso". Ainda assim, essas alusões escassas e esparsas dão uma falsa ideia acerca da notável abrangência e profundidade do interesse de Tolkien em *Maldon*, como revela até mesmo uma olhadela superficial nos papéis acadêmicos de Tolkien na Biblioteca Bodleiana. Aqui, pela primeira vez, está publicada uma amostra desse trabalho longo e frutífero.

Uma palavra final acerca da organização que fiz: embora apresentado em primeiro lugar neste volume, *O Regresso* é claramente o mais tardio dos textos aqui reunidos. O leitor pode, com razão, perguntar por que *Maldon* não abre o livro, visto que é a inspiração para *O Regresso*. Por um lado, se esta disposição talvez reconheça o apelo mais geral de *O Regresso* e seu status como o extraordinário auge de muito daquilo que Tolkien pensava e sentia acerca de *Maldon*, por outro, ela também implicitamente realça o interesse duradouro de Tolkien no fazer poético e no processo de subcriação literária. Pois, ao colocar a jornada de Tída e Totta antes de *A Batalha de Maldon*, esta edição segue a cronologia interna da investigação ficcional de Tolkien: é somente depois da ação em *O Regresso* que o famoso poema anglo-saxônico pode ser composto.

Parte um

O Regresso de Beorhtnoth, Filho de Beorhthelm

I

A morte de Beorhtnoth

Em agosto do ano de 991, no reinado de Æthelred II, uma batalha foi travada perto de Maldon, em Essex. De um lado, estava a força de defesa de Essex; de outro, uma hoste viking que devastara Ipswich. Os ingleses eram comandados por Beorhtnoth, filho de Beorhthelm, o duque de Essex, um homem renomado em sua época: poderoso, destemido, soberbo. Estava agora velho e grisalho, mas ainda era vigoroso e valente, e sua cabeça branca se erguia muito acima de outros homens, pois ele era excepcionalmente alto.[*] Os "daneses" — nessa ocasião, eles provavelmente eram, em sua maior parte, noruegueses — eram liderados, de acordo com uma versão da Crônica Anglo-Saxã, por Anlaf, famoso nas sagas e nas histórias nórdicas como Olaf Tryggvason, mais tarde, rei da Noruega.[†] Os nortistas haviam subido o estuário do rio Pante, hoje chamado de Blackwater, e acamparam na ilha de Northey. Os nortistas e os ingleses estavam, assim, separados por um braço do rio; quando ele era engrossado pela maré alta, só podia ser cruzado por uma "ponte" ou rampa difícil de ultrapassar diante de uma defesa

---

[*] De acordo com uma estimativa, ele media 1,98 metro. Esse dado se baseia no comprimento e tamanho de seus ossos quando foram examinados em seu túmulo em Ely, no ano de 1769. [N.A.]
[†] Que Olaf Tryggvason tenha mesmo estado presente em Maldon é um dado hoje considerado duvidoso. Mas seu nome era conhecido dos ingleses. Ele estivera na Grã-Bretanha antes e, certamente, esteve no local de novo em 994. [N.A.]

determinada.* A defesa foi resoluta. Mas os vikings sabiam, ou assim parecia, com que tipo de homem tinham de lidar: pediram permissão para cruzar o vau, de forma que uma luta justa pudesse acontecer. Beorhtnoth aceitou o desafio e permitiu que atravessassem. Esse ato de soberba e cavalheirismo deslocado se mostrou fatal. Beorhtnoth foi morto, e os ingleses debandaram; mas a "casa" do duque, seu *heorðwerod*, que continha os cavaleiros e oficiais escolhidos de sua guarda pessoal, alguns dos quais membros de sua própria família, continuaram a lutar, até que todos tombaram mortos ao lado de seu senhor.

Um fragmento — um fragmento grande, com 325 versos — de um poema contemporâneo foi preservado. Não tem fim, nem começo, nem título, mas hoje é geralmente conhecido como *A Batalha de Maldon*. Conta a exigência de tributo por parte dos vikings em troca de paz; a recusa orgulhosa, o desafio de Beorhtnoth e a defesa da "ponte"; o pedido matreiro dos vikings e a travessia da rampa; a última luta de Beorhtnoth, a queda de sua espada de punho dourado de sua mão aleijada e a mutilação de seu corpo pelos pagãos. O fim do fragmento, quase a metade dele, conta o último combate da guarda pessoal. Os nomes, os feitos e as falas de muitos dos ingleses estão registrados.

O duque Beorhtnoth era um defensor dos monges e um patrono da Igreja, especialmente da abadia de Ely. Depois da batalha, o abade de Ely obteve seu corpo e o enterrou na abadia. Sua cabeça tinha sido decepada e não foi recuperada; no túmulo, foi substituída por uma bola de cera.

De acordo com o relato tardio e em grande parte não histórico do *Liber Eliensis*, escrito no século XII, o próprio abade de Ely foi com alguns de seus monges até o campo de batalha. Mas, no poema a seguir, supõe-se que o abade e seus monges só tenham chegado até Maldon e que lá tenham permanecido, mandando dois homens, servos do duque, para o campo de batalha, que

---

*De acordo com a interpretação de E.D. Laborde, hoje, geralmente, aceita. A rampa ou "ladeira" entre Northey e a terra firme ainda está lá. [N.A.]

ficava a certa distância dali, na tarde do dia depois da batalha. Eles levaram uma carroça e tinham a tarefa de trazer de volta o corpo de Beorhtnoth. Deixaram a carroça perto do fim da rampa e começaram a procurar entre os mortos; muitíssimos haviam tombado de ambos os lados. Torhthelm (coloquialmente Totta) é um jovem, filho de menestrel; sua cabeça está cheia de antigas baladas acerca dos heróis da antiguidade nortista, tais como: Finn, rei da Frísia; Fróda dos Hetobardos; Béowulf; Hengest e Horsa, líderes tradicionais dos vikings ingleses nos dias de Vortigern (chamado pelos ingleses de Wyrtgeorn). Tídwald (encurtado para Tída) era um velho *ceorl*, um lavrador que tinha visto muitas lutas nas milícias de defesa inglesas. Nenhum desses homens tinha chegado a estar na batalha. Depois de deixar a carroça, eles se separaram no crepúsculo que chegava. A noite cai, escura e nublada. Torhthelm se acha sozinho numa parte do campo onde os mortos jazem aos montes.

Do velho poema vêm as palavras orgulhosas de Offa, num conselho antes da batalha, e o nome do valente e jovem Ælfwine (varão de uma antiga casa nobre de Mércia), cuja coragem foi elogiada por Offa. Nesse texto, também são encontrados os nomes dos dois Wulfmærs: Wulfmær, filho da irmã de Beorhtnoth, e Wulfmær, o jovem, filho de Wulfstan, o qual, ao lado de Ælfnoth, tombou gravemente ferido ao lado de Beorhtnoth. Perto do fim do fragmento sobrevivente, um velho vassalo, Beorhtwold, enquanto se prepara para morrer no último combate desesperado, pronuncia as palavras famosas, um resumo do código heroico, que aqui são faladas por Torhthelm durante um sonho:

> *Hige sceal þe heardra, heorte þe cenre,*
> *Mod sceal þe mare þe ure mægen lytlað.*

"A vontade será mais severa, o coração mais ousado, o espírito maior, conforme nossa força diminui."

Fica subentendido aqui, como de fato é provável, que essas palavras não eram "originais", mas uma expressão antiga e venerável da vontade heroica; é muito mais, e não menos, provável que Beorhtwold, por essa razão, as tenha realmente usado em seus momentos finais.

A terceira voz inglesa no escuro, falando depois que o *Dirige** é ouvido pela primeira vez, usa rima: pressagiando o fim paulatino da antiga métrica aliterante. O antigo poema está composto numa forma livre do verso aliterante, sendo o último fragmento sobrevivente do antigo cancioneiro heroico inglês. Nessa mesma métrica, pouco ou nada mais livre que os versos de *A Batalha de Maldon* (ainda que usada para diálogos), o poema moderno está escrito.

As linhas que rimam ecoam alguns versos preservados na *Historia Eliensis*, referentes ao rei Canuto:

> *Merie sungen ðe muneches binnen Ely,*
> *ða Cnut ching reu ðerby.*
> *"Roweð, cnites, noer the land*
> *and here we ther muneches saeng."*†

---

* "Conduz", palavra em latim que inicia orações tradicionais pelos mortos na liturgia católica e de outras denominações cristãs. [N.T.]
† *Alegres cantavam os monges em Ely / Quando o rei Canuto veio remando por perto / "Remem, rapazes, perto da terra / E ouçamos a canção dos monges."* [N.T.]

II

O Regresso de Beorhtnoth, filho de Beorhthelm

*Ouve-se o som de um homem que se movimenta de
maneira incerta e respira barulhento na escuridão.
De repente, alguém fala alto e de modo brusco.*

TORHTHELM

    Alto lá! O que faz? Fale! Ao diabo!

TÍDWALD

    Totta! Seus dentes a bater conheço!

TORHTHELM

    É você, Tída! O tempo não se esvai,
    tarda entre os mortos. Tão estranhos jazem.
    Esperei e velei, e o murmurar do vento
    virou verso na voz viva de fantasmas
    que em meus ouvidos chiam.

TÍDWALD

                    E sua mente criou
    abantesmas e trasgos. Há treva sem fim
    e se oculta a Lua; mas escute o que digo:
    não é longe daqui que se encontra o mestre,
    ao que tudo indica.

> The sound is heard of a man moving uncertainly and breathing noisily in the darkness. Suddenly a voice speaks, loudly and sharply.

TORHTHELM

Halt! What do you want? Hell take you! Speak!

TÍDWALD

Totta! I know you by your teeth rattling.

TORHTHELM

Why, Tída, you! The time seemed long
alone among the lost. They lie so queer.
I've watched and waited, till the wind sighing
was like words whispered by waking ghosts
that in my ears muttered.

TÍDWALD

                And your eyes fancied
barrow-wights and bogies. It's a black darkness
since the moon foundered; but mark my words:
not far from here we'll find the master,
by all accounts.

> *Tídwald deixa escapar um feixe tênue de luz de uma lanterna escura. Uma coruja pia. Uma forma escura passa pelo feixe de luz. Torhthelm se mexe para trás e emborca a lanterna, que Tída tinha posto no chão.*

O que tem você?

TORHTHELM

Deus do céu! Ouça!

TÍDWALD

                    Está doido, rapaz.
Sua mente e seu medo inimigos criam.
Acuda-me aqui! Coisa difícil
é tal carga erguer; os curtos, compridos,
os fartos e os finos. Fale menos, pense menos
de espectros. Pare com a poesia!
Estão no chão os fantasmas, ou os tem Deus;
e lobos não há como na era de Woden,
não agora em Essex. Se algum houver,
tem duas patas. Pronto, vire-o!

> *Uma coruja pia outra vez.*

É só uma coruja.

TORHTHELM

                      É agourenta.
Traz má sorte. Mas não tenho receio
nem temor inventado. De tolo me chame,
mas todos detestam a treva horrenda
entre os mortos sem véu. É como a vaga sombra
do inferno gentio, no aflito reino
onde tentar é vão. Seria eterna a busca
sem sinal algum neste negror, Tída.

*Tídwald lets out a faint beam from a dark-lantern.
An owl hoots. A dark shape flits through the beam of
light. Torhthelm starts back and overturns the lantern,
which Tída had set on the ground.*

What ails you now?

TORHTHELM

Lord save us! Listen!

TÍDWALD

     My lad, you're crazed.
your fancies and your fears make foes of nothing.
Help me to heave 'em! It's heavy labour
to lug them alone: long ones and short ones,
the thick and the thin. Think less, and talk less
of ghosts Forget your gleeman's stuff!
Their ghosts are under ground, or else God has them;
and wolves don't walk as in Woden's days,
not here in Essex. If any there be,
they'll be two-leggéd. There, turn him over!

An owl hoots again.

It's only an owl.

TORHTHELM

     An ill boding.
Owls are omens. But I'm not afraid,
not of fancied fears. A fool call me,
but more men than I find the mirk gruesome
among the dead unshrouded. It's like the dim shadow
of heathen hell, in the hopeless kingdom
where search is vain. We might seek for ever
and yet miss the master in this mirk, Tída.

Oh, mestre amado, onde morto jaz,
cabeça tão branca descoberta e fria,
e os membros seus em sono sem fim?

Tídwald deixa escapar de novo a luz da lanterna escura.

TÍDWALD

Amigo, olhe aqui, onde há mais deles!
Acuda cá! Sei de quem é a cabeça!
Este é Wulfmær. Quase hei de jurar
que perto do mestre e amigo tombou.

TORHTHELM

O filho-da-irmã! Falam-nos os cantos:
Sempre juntos ao lutar vão tio e sobrinho.

TÍDWALD

Não, não é ele — ou nada dele sobrou.
Penso que é o outro, o rapaz de Essex,
filho de Wulfstan. Um fado cruel
leva-o assim logo. Valente o menino,
Têmpera de homem.

TORHTHELM

                Tende piedade!
Mais novo que eu, por um ano ou mais.

TÍDWALD

E Ælfnoth também, junto ao braço dele.

TORHTHELM

Foi como ele quis. Em brinquedo ou labor
eram amigos leais e amavam seu senhor,
feito irmãos dele.

O lord beloved, where do you lie tonight,
your head so hoar upon a hard pillow,
and your limbs lying in long slumber?

    Tídwald lets out again the light of the dark-lantern.

Tídwald

Look here, my lad, where they lie thickest!
Here! lend a hand! This head we know!
Wulfmær it is. I'll wager aught
not far did he fall from friend and master.

Torhthelm

His sister-son! The songs tell us,
ever near shall be at need nephew to uncle.

Tídwald

Nay, he's not here – or he's hewn out of ken.
It was the other I meant, th' Eastsaxon lad,
Wulfstan's youngster. It's a wicked business
to gather them ungrown. A gallant boy, too,
and the makings of a man.

Torhthelm

                      Have mercy on us!
He was younger than I, by a year or more.

Tídwald

Here's Ælfnoth, too, by his arm lying.

Torhthelm

As he would have wished it. In work or play
they were fast fellows, and faithful to their lord,
as close to him as kin.

Tídwald

                Ao demônio esta lâmpada
e minha turva vista! Estou quase certo
que na defesa final foram mortos
e que o mestre está aqui. Mexa-os com calma!

Torhthelm

Moços de brio! Mas mau é ver barbados
que às costas põem broquel e correm da batalha,
céleres feito cervos, enquanto os sujos sem-Deus
derrubam seus meninos. Que o raio dos Céus
fulmine os bastardos que à morte os deixaram
pra infâmia dos anglos! E Ælfwine está aqui:
barba que mal brota e não se bate mais.

Tídwald

Isso é mau, Totta. Destemido nobrezinho,
como outros não há: uma arma nova
do ferro antigo. Fero como chama,
ávido como aço. Ácido, às vezes,
boca-rota, lembrando Offa.

Torhthelm

Offa! Está em silêncio. Poucos lordes o amavam.
Por muitos seria calado, se o mestre deixasse.
"Os poltrões aqui trilam faceiros
com audácia de galinhas", dizem que falou
aos lordes reunidos. É como os lais cantam:
"O que jurar ébrio, quando a aurora vier
cumpra seu voto ou seu vinho vomite,
como o tolo que é". Mas as cantigas morrem,
e o mundo decai. Aqui queria estar,
e não ficar para trás com os lacaios vadios,
mascates e cozinheiros! Pela Cruz, Tída,
eu o amava mais que muitos desses nobres;

TÍDWALD

                      Curse this lamplight
and my eyes' dimness! My oath I'll take
they fell in his defence, and not far away
now master lies. Move them gently!

TORHTHELM

Brave lads! But it's bad when bearded men
put shield at back and shun battle,
running like roe-deer, while the red heathen
beat down their boys. May the blast of Heaven
light on the dastards that to death left them
to England's shame! And here's Ælfwine:
barely bearded, and his battle's over.

TÍDWALD

That's bad, Totta. He was a brave lordling,
and we need his like: a new weapon
of the old metal. As eager as fire,
and as staunch as steel. Stern-tongued at times,
and outspoken after Offa's sort.

TORHTHELM

Offa! he's silenced. Not all liked him;
many would have muzzled him, had master let them.
'There are cravens at council that crow proudly
with the hearts of hens': so I hear he said
at the lords' meeting. As lays remind us:
'What at the mead man vows, when morning comes
let him with deeds answer, or his drink vomit
and a sot be shown'. But the songs wither,
and the world worsens. I wish I'd been here,
not left with the luggage and the lazy thralls,
cooks and sutlers! By the Cross, Tída,
I loved him no less than any lord with him;

quem é livre e desvalido, na luta pode ser
　　　mais duro, por fim, que fidalgos de escol
　　　cuja raça remonta a reis antes de Woden.

Tídwald

　　　Conversa, Totta! Vai vir sua hora,
　　　e menos leve há de ser do que os lais dizem.
　　　Sabe a fel o ferro, e fundo corta a espada
　　　alva e fria, quando a hora chega.
　　　Valha-te então Deus, se a verve faltar!
　　　Quando o escudo se quebra, a escolha é dura,
　　　morte ou vergonha. Dê uma mão com este!
　　　Aqui, vire-o — carcaça de bicho,
　　　gentio nojento!

Torhthelm

　　　　　　　　Tída, cubra-o!
　　　Tire a luz daí! Ele olhou para mim.
　　　Olhos horrendos, ocos e maldosos
　　　como à lua os de Grendel.

Tídwald

　　　　　　　　　É, fulano feio,
　　　Mas nada faz mais. Daneses só matam
　　　co' espadas e piques. Podem sorrir,
　　　se os levou o diabo. Vamos, puxe o outro!

Torhthelm

　　　Repare! Uma perna! Pesa um bocado,
　　　De coxa maciça.

Tídwald

　　　　　　　　　É como pensei.
　　　Incline a cabeça e cale a matraca
　　　um momento, Totta! É o mestre, enfim.

*and a poor freeman may prove in the end
more tough when tested than titled earls
who count back their kin to kings ere Woden.*

TÍDWALD

*You can talk, Totta! Your time'll come,
and it'll look less easy than lays make it.
Bitter taste has iron, and the bite of swords
is cruel and cold, when you come to it.
Then God guard you, if your glees falter!
When your shield is shivered, between shame and death
is hard choosing. Help me with this one!
There, heave him over – the hound's carcase,
Hulking heathen!*

TORHTHELM

*Hide it, Tída!
Put the lantern out! He's looking at me.
I can't abide his eyes, bleak and evil
as Grendel's in the moon.*

TÍDWALD

*Ay, he's a grim fellow,
but he's dead and done-for. Danes don't trouble me
save with swords and axes. They can smile or glare,
once hell has them. Come, haul the next!*

TORHTHELM

*Look! Here's a limb! A long yard, and thick
as three men's thighs.*

TÍDWALD

*I thought as much.
Now bow your head, and hold your babble
for a moment Totta! It's the master at last.*

Faz-se silêncio por um curto instante.

Bem, aqui está — ou aquilo que sobrou:
pernas mais compridas por perto não há.

TORHTHELM (*A voz dele se levanta num cântico.*)
Alta era sua fronte mais que elmo de reis
com coroas pagãs, mais feroz coração
e puro espírito que espadas de heróis
alvas e únicas; o ouro forjado
excedia em preço. Deixa o mundo
príncipe sem-par em paz ou guerra,
de mente justa e mão aberta,
qual nobres eram noutros tempos.
Leva-o Deus na luz da glória,
Beorhtnoth amado.

TÍDWALD
                        Bravo, menino!
A trama das trovas inda tem valor
para um peito que pesa. Mas não é pouco o trabalho
antes do enterro.

TORHTHELM
                        Tída, achei!
Está aqui a espada! Posso até jurar
pelo punho que reluz.

TÍDWALD
                        Alegra-me saber.
Nem sei como aí ficou. O corpo desfiguraram.
Outros traços não se acham nele;
restou tão pouco do patrão que foi.

There is silence for a short while.

Well, here he is – or what Heaven's left us:
the longest legs in the land, I guess.

TORHTHELM (His voice rises to a chant.)
His head was higher than the helm of kings
with heathen crowns, his heart keener
and his soul clearer than swords of heroes
polished and proven; than plated gold
his worth was greater. From the world has passed
a prince peerless in peace and war,
just in judgement, generous-handed
as the golden lords of long ago.
He has gone to God glory seeking,
Beorhtnoth beloved.

TÍDWALD

                    Brave words, my lad!
The woven staves have yet worth in them
for woeful hearts. But there's work to do,
ere the funeral begins.

TORHTHELM

                    I've found it, Tída!
Here's his sword lying! I could swear to it
by the golden hilts.

TÍDWALD

                    I'm glad to hear it.
How it was missed is a marvel. He is marred cruelly.
Few tokens else shall we find on him;
they've left us little of the lord we knew.

TORHTHELM

    Ah, lástima e além! Lobos gentios
    cortam-lhe a cabeça e o corpo nos deixam,
    crivam-no com machados. Que crime é este,
    contenda maldita!

TÍDWALD

                 É, batalha é isso,
    Tão aguda hoje quanto as guerras antigas,
    quando Fróda fero e Finn morreram.
    O mundo gemeu, há gemidos hoje:
    pode ouvir o pranto no arpejo d'harpa.
    Agora, força! Carreguemos juntos
    os tristes restolhos. Tome, as pernas!
    Levante — devagar! Levante, isso!

        Vão balançando lentamente.

TORHTHELM

    Ainda me é caro este corpo morto,
    Apesar das feridas.

    A voz de Torhthelm se ergue de novo num cântico.

                 Chorai para sempre,
    saxões e ingleses, do agreste mar
    à mata do poente! O muro desaba,
    mulheres choram; eleva-se a chama
    na floresta escura, qual farol ao longe.
    Estenda-se o teso, proteja-lhe os ossos!
    Agora será guarda de gládio e elmo;
    e armadura d'ouro será dada ao chão,
    e nobre vestimenta e anéis luzentes,
    riqueza farta para o caro mestre;
    dos amigos dos homens o mais altivo,

TORHTHELM

    Ah, woe and worse! The wolvish heathens
    have hewn off his head, and the hulk left us
    mangled with axes. What a murder it is,
    this bloody fighting!

TÍDWALD

                    Aye, that's battle for you,
    and no worse today than wars you sing of,
    when Fróda fell, and Finn was slain.
    The world wept then, as it weeps today:
    you can hear the tears through the harp's twanging.
    Come, bend your back! We must bear away
    the cold leavings. Catch hold of the legs!
    Now lift – gently! Now lift again!

                They shuffle along slowly.

TORHTHELM

    Dear still shall be this dead body,
    though men have marred it.

        Torhthelm's voice rises again to a chant.

                  Now mourn for ever
    Saxon and English, from the sea's margin
    to the western forest! The wall is fallen,
    women are weeping; the wood is blazing
    and the fire flaming as a far beacon.
    Build high the barrow his bones to keep!
    For here shall be hid both helm and sword;
    and to the ground be given golden corslet,
    and rich raiment and rings gleaming,
    wealth unbegrudged for the well-beloved;
    of the friends of men first and noblest,

no fogo de seu lar infalível auxílio,
para seu povo um príncipe, pai das gentes.
A glória amou; ora a glória cobre
o verde de sua tumba e vive sempre
enquanto dor ou verso durem no mundo.

Tídwald

Menestrel Totta, que trovas bonitas!
Valeu seu labor nas longas noites,
a sós em vigília, assim os sábios dormiam.
Já eu quero descanso, quedo a pensar.
São tempos cristãos, e triste é a cruz:
Beorhtnoth se foi, não Béowulf antigo:
piras não terá, nem se empilham tesos;
será dado o ouro à abadia santa.
Que os monges chorem e a missa cantem!
Com latim terno tragam-no à morada,
se pudermos levá-lo. Que duro trabalho!

Torhthelm

Gente morta pesa. Espere um instante!
As costas doem, e fiquei sem fôlego.

Tídwald

Teria mais alento se falasse menos.
Aperte o passo, está perto a carroça!
Vamos, comigo, avante agora!
Mantenha-se firme.

Torhthelm para de repente.

                Seu tonto desastrado,
Cuidado aonde vai!

to his hearth-comrades help unfailing,
to his folk the fairest father of peoples.
Glory loved he; now glory earning
his grave shall be green, while ground or sea,
while word or woe in the world lasteth.

TÍDWALD

Good words enough, gleeman Totta!
You laboured long as you lay, I guess,
in the watches of the night, while the wise slumbered.
But I'd rather have rest, and my rueful thoughts.
These are Christian days, though the cross is heavy;
Beorhtnoth we bear not Béowulf here:
no pyres for him, nor piling of mounds;
and the gold will be given to the good abbot.
Let the monks mourn him and mass be chanted!
With learned Latin they'll lead him home,
if we can bring him back. The body's weighty!

TORHTHELM

Dead men drag earthward. Now down a spell!
My back's broken, and the breath has left me.

TÍDWALD

If you spent less in speech, you would speed better.
But the cart's not far, so keep at it!
Now start again, and in step with me!
A steady pace does it.

     Torhthelm halts suddenly.

       You stumbling dolt,
Look where you're going!

Torhthelm

                    Por Deus, Tída!
Aqui, pare! Escute e olhe só!

Tídwald

Olhar onde, rapaz?

Torhthelm

                    Ali, à esquerda.
Uma sombra se esgueira, assoma adiante
escura feito o céu, quieta e curvada!
Agora são duas! Digo que são trols,
ou demônios do inferno. Mexem-se duros,
agacham-se tortos com garras por mãos.

Tídwald

São só sombras sem nome — mais nada verei
se não vêm mais perto. Sua vista é de bruxo
se distingue nas trevas trasgos de homens.

Torhthelm

É só escutar, Tída! Aquietaram as vozes,
há gemidos, murmúrios, dissimulam riso.
Estão vindo aqui!

Tídwald

                  Sim, vejo agora,
já escuto algo.

Torhthelm

                  Esconda a lanterna!

Tídwald

Deixe o corpo e deite-se do lado!
Quieto feito pedra! Passos já se ouvem.

TORHTHELM

                         For the Lord's pity,
Halt, Tída, here! Hark now, and look!

TÍDWALD

Look where, my lad?

TORHTHELM

                          To the left yonder.
There's a shade creeping, a shadow darker
than the western sky, there walking crouched!
Two now together! Troll-shapes, I guess,
or hell-walkers. They've a halting gait,
groping groundwards with grisly arms.

TÍDWALD

Nameless nightshades – naught else can I see,
till they walk nearer. You're witch-sighted
to tell fiends from men in this foul darkness.

TORHTHELM

Then listen, Tída! There are low voices,
moans and muttering, and mumbled laughter.
They are moving hither!

TÍDWALD

                        Yes, I mark it now,
I can hear something.

TORHTHELM

                        Hide the lantern!

TÍDWALD

Lay down the body and lie by it!
Now stone-silent! There are steps coming.

*Eles se agacham no chão. O som de passos furtivos
vai ficando mais alto e mais próximo. Quando estão
bem perto, Tídwald grita de repente:*

Aí estão, rapazes! Com atraso chegam,
se briga desejam; mas bem posso dá-la,
se a querem agora. Caro vai custar.

*Há um barulho de confusão no escuro. Então ouve-se
um urro. A voz de Torhthelm reboa, estridente.*

TORHTHELM

Seu suíno imundo, eu mato você!
Tome essa, então! Tída, veja!
Matei este aqui. Não rasteja mais.
Se queria espadas, a ponta achou logo,
direto na cara.

TÍDWALD

                    Meu terror dos trols!
Empresta coragem com a espada de Beorhtnoth?
Melhor limpá-la! E apresta o juízo!
Tal arma foi feita para usos melhores.
Foi desnecessário: um soco no nariz,
ou bota no traseiro, e a briga acabou
com gente assim. Desgraçados são,
mas por que matá-los e bater no peito?
Já não faltam mortos. Se fosse um danês,
você podia gritar — e há bastantes deles
não muito longe, imundos bandidos:
detesto-os todos, gentios ou molhados,
raça demoníaca.

TORHTHELM

                Daneses, você diz!
Quase esqueço deles. Meu caro, vamos!

> They crouch on the ground. The sound of stealthy
> steps grows louder and nearer. When they are
> close at hand Tídwald suddenly shouts out:

Hullo there, my lads! You're late comers,
if it's fighting you look for; but I can find you some,
if you need it tonight. You'll get nothing cheaper.

> There is a noise of scuffling in the dark. Then there is a
> shriek. Torhthelm's voice rings out shrill.

TORHTHELM

You snuffling swine, I'll slit you for it!
Take your trove then! Ho! Tída there!
I've slain this one. He'll slink no more.
If swords he was seeking, he soon found one,
by the biting end.

TÍDWALD

　　　　　　　My bogey-slayer!
Bold heart would you borrow with Beorhtnoth's sword?
Nay, wipe it clean! And keep your wits!
That blade was made for better uses.
You wanted no weapon: a wallop on the nose,
or a boot behind, and the battle's over
with the likes of these. Their life's wretched,
but why kill the creatures, or crow about it?
There are dead enough around. Were he a Dane, mind you,
I'd let you boast — and there's lots abroad
not far away, the filthy thieves:
I hate 'em, by my heart, heathen or sprinkled,
the Devil's offspring.

TORHTHELM

　　　　　　　The Danes, you say!
Make haste! Let's go! I'd half forgotten.

Talvez haja aqui outros dos malditos.
Vai desabar sobre nós o bando de piratas
Se escutarem a briga.

Tídwald

                        Quanta valentia!
Estes não eram nortistas! Por que nortistas viriam?
Aqueles já estão fartos de afronta e sangue
e pegaram os despojos: o lugar está vazio.
Em Ipswich estão e se enchem de cerveja,
ou perto de Londres em suas proas longas,
bebendo a Thor e a tristeza afogando,
filhos do inferno. É mofina a gente
que você matou, coitados sem mestre.
São ladrões de corpos: maldito ofício
e imensa vergonha. Está tremendo por quê?

Torhthelm

Para casa, meu caro! Cristo me perdoe,
e a estes dias malignos, quando deixam ao léu
corpos humanos, e por medo e fome
a gente arremeda o jeito dos lobos,
sem pena dos mortos rapinam e fogem!
Olhe só lá adiante! Uma sombra esguia,
outro dos tratantes. Ataque o canalha!

Tídwald

Não, deixe estar! Ou a trilha perderemos.
Estou bem inseguro, já vagamos muito.
Um ataque a dois contrários ele não vai tentar.
Levante o seu lado! Levante, repito.
Vamos em frente.

Torhthelm

                    Vê algo, Tída?

There may be more at hand our murder plotting.
We'll have the pirate pack come pouring on us,
if they hear us brawling.

TÍDWALD

                  My brave swordsman!
These weren't Northmen! Why should Northmen come?
They've had their fill of hewing and fighting,
and picked their plunder: the place is bare.
They're in Ipswich now with the ale running,
or lying off London in their long vessels,
while they drink to Thor and drown the sorrow
of hell's children. These are hungry folk
and masterless men, miserable skulkers.
They're corpse-strippers: a curséd game
and shame to think of. What are you shuddering at?

TORHTHELM

Come on now quick! Christ forgive me,
and these evil days, when unregretted
men lie mouldering, and the manner of wolves
the folk follow in fear and hunger,
their dead unpitying to drag and plunder!
Look there yonder! There's a lean shadow,
a third of the thieves. Let's thrash the villain!

TÍDWALD

Nay, let him alone! Or we'll lose the way.
As it is we've wandered, and I'm bewildered enough.
He won't try attacking two men by himself.
Lift your end there! Lift up, I say.
Put your foot forward.

TORHTHELM

                  Can you find it, Tída?

Não tenho noção, nestas sombras da noite,
onde ficou a carroça. Como quero voltar!

Caminham balançando, sem falar, por algum tempo.

Cuidado, homem! Há água aqui perto;
vai desabar pela beira. Eis o Blackwater!
Se a gente escorrega, no rio afunda
feito dois tontos — e é forte a torrente.

Tídwald

Chegamos à rampa. A carroça está perto,
avante, rapaz. Levando-o até ali,
mais uns passos só, já passa o pior.

Andam mais alguns passos.

Cabeça de Edmund! embora a sua lhe falte,
não é leve o duque. Largue-o no chão!
O carro cá está. Quero tanto beber
à memória dele sem mais problemas,
mas não vou poder. A cerveja que nos dava
era boa e basta, bebida que ao peito
ânimo trazia. Suei demais.
Um instante só.

Torhthelm

(*Depois de uma pausa.*) Que estranho, sabe,
como eles passaram assim pela rampa,
ou abriram caminho sem muita luta?
Sinais de batalha restaram poucos.
Um monturo de gentios devia estar aqui,
mas nenhum há por perto.

*I haven't a notion now in these nightshadows
where we left the waggon. I wish we were back!*

They shuffle along without speaking for a while.

*Walk wary, man! There's water by us;
you'll blunder over the brink. Here's the Blackwater!
Another step that way, and in the stream we'd be
like fools floundering – and the flood's running.*

TÍDWALD

*We've come to the causeway. The cart's near it,
so courage, my boy. If we can carry him on
few steps further, the first stage is passed.*

They move a few paces more.

*By Edmund's head! though his own's missing,
our lord's not light. Now lay him down!
Here's the waggon waiting. I wish we could drink
his funeral ale without further trouble
on the bank right here. The beer he gave
was good and plenty to gladden your heart,
both strong and brown. I'm in a stew of sweat.
Let's stay a moment.*

TORHTHELM

*(After a pause.) It's strange to me
how they came across this causeway here,
or forced a passage without fierce battle;
but there are few tokens to tell of fighting.
A hill of heathens one would hope to find,
but none lie near.*

Tídwald

                Que pena, aliás.
Ai de nós, amigo, do mestre é a culpa,
ou em Maldon, hoje, é o que muitos diziam.
Foi soberba de príncipe! Mas o soberbo se foi,
e perdeu-se o príncipe, então preze sua honra.
À hoste deu passagem, tão sôfrego estava
por dar aos poetas grandiosas canções.
Nobreza insensata. Que insana ideia:
deter as flechas, deixar franca a ponte,
poucos contra muitos, mãos que fraquejam!
Da sina zombou e assim pereceu.

Torhthelm

Tomba o último da estirpe de nobres,
de longa linhagem, valentes saxões
que os mares passaram, como canções dizem,
de Angel no Leste, com ávida espada
e martelo de guerra os bretões vencendo.
Reinos conquistaram e terras vastas,
em tempos de antanho toda esta ilha.
E agora do Norte volta o grito atroz:
o vento da guerra varre a Bretanha!

Tídwald

E o frio desse vento nos faz tão mal
quanto aos pobres antigos. Que os menestréis toquem,
mas que morram os piratas! Quando arrancam do pobre
a leiva que lavra, que louva e ama,
é seu corpo que a aduba. Não cantam sua morte,
e consortes e filhos servos se tornam.

Torhthelm

Mas nosso Æthelred, acho, há de ser
presa mais fera do que foi Wyrtgeorn;

Tídwald

> No, more's the pity.
> Alas, my friend, our lord was at fault,
> or so in Maldon this morning men were saying.
> Too proud, too princely! But his pride's cheated,
> and his princedom has passed, so we'll praise his valour.
> He let them cross the causeway, so keen was he
> to give minstrels matter for mighty songs.
> Needlessly noble. It should never have been:
> bidding bows be still, and the bridge opening,
> matching more with few in mad handstrokes!
> Well, doom he dared, and died for it.

Torhthelm

> So the last is fallen of the line of earls,
> from Saxon lords long-descended
> who sailed the seas, as songs tell us,
> from Angel in the East, with eager swords
> upon war's anvil the Welsh smiting.
> Realms here they won and royal kingdoms,
> and in olden days this isle conquered.
> And now from the North need comes again:
> wild blows the wind of war to Britain!

Tídwald

> And in the neck we catch it, and are nipped as chill
> as poor men were then. Let the poets babble,
> but perish all pirates! When the poor are robbed
> and lose the land they loved and toiled on,
> they must die and dung it. No dirge for them,
> and their wives and children work in serfdom.

Torhthelm

> But Æthelred'll prove less easy prey
> than Wyrtgeorn was; and I'll wager, too,

e Anlaf do Norte ínclito não será
como Hengest e Horsa!*

Tídwald

                Rezo para que não seja!
Venha, vamos lá, levante de novo,
acabemos com isso. Boa, vire-o!
Segure as pernas agora, e eu agarro os ombros.
Isso, erga aí! Isso! E pronto.
Ponha em cima o lenço.

Torhthelm

                Linho devia ser,
não suja coberta.

Tídwald

                É só o que temos.
Os monges esperam em Maldon por nós,
e o abade com eles. Já basta de atrasos.
Entre aí! Seus olhos podem chorar,
seus lábios recitar. Eu toco os cavalos.
Upa, meninos. (*Estala um chicote.*) Upa, vamos!

Torhthelm

Que Deus nos guie em segura rota!

      Há uma pausa, durante a qual se escutam
          rangidos e gemidos de rodas.

Como gemem essas rodas! Os rangidos se ouvem
por milhas a fio, sobre mata e pedra.

---

*Irmãos lendários que teriam liderado a conquista da Inglaterra por tribos germânicas após o fim do Império Romano. [N.T.]

>   this Anlaf of Norway will never equal
>   Hengest or Horsa!

TÍDWALD

>   We'll hope not, lad!
>   Come, lend your hand to the lifting again,
>   then your task is done. There, turn him round!
>   Hold the shanks now, while I heave the shoulders.
>   Now, up your end! Up! That's finished.
>   There cover him with the cloth.

TORHTHELM

>   It should be clean linen
>   not a dirty blanket.

TÍDWALD

>   It must do for now.
>   The monks are waiting in Maldon for us,
>   and the abbot with them. We're hours behind.
>   Get up now and in! Your eyes can weep,
>   or your mouth can pray. I'll mind the horses.
>   Gee up, boys, then. (He cracks a whip.) Gee up, and away!

TORHTHELM

>   God guide our road to a good ending!

>   There is a pause, in which a rumbling and a creaking
>   of wheels is heard.

>   How these wheels do whine! They'll hear the creak
>   for miles away over mire and stone.

> *Uma pausa mais longa, na qual ninguém*
> *pronuncia palavra.*

Aonde vamos primeiro? É muito longe?
Já acaba a noite, e estou quase morto...
Ei, Tída, Tída! Tem uma trava na língua?

TÍDWALD

A lábia se foi. Minha língua descansa.
"Aonde vamos", perguntou? Questão boba!
Até Maldon e os monges, e então milhas além,
para Ely e a abadia. Uma hora acaba;
mas a estrada é atroz nestes tristes dias.
Sem descanso ainda! Cama é o que queria?
O melhor que terá é um lado da carroça
e de almofada o corpo.

TORHTHELM

      Que ofensa, Tída.

TÍDWALD

Só fui direto. Se eu fosse um poeta:
"Deitei minha testa triste em seu peito,
e com pranto e pesar pus-me a dormir;
unidos viajamos, nobre mestre
e servo fiel, por cerro e charco,
rumo à sua tumba e à minha eterna dor",
diria assim, e não seria ofensa.
O peito e a cabeça me pesam, Totta.
Choro por você, choro também por mim.
Durma então! Durma! A sua desdita
o morto não sente, nem a má estrada.

> *Ele fala com os cavalos.*

> A longer pause in which
> no word is spoken.

Where first do we make for? Have we far to go?
The night is passing, and I'm near finished…
Say, Tída, Tída! Is your tongue stricken?

TÍDWALD

I'm tired of talk. My tongue's resting.
'Where first' you say? A fool's question!
To Maldon and the monks, and then miles onward
to Ely and the abbey. It'll end sometime;
but the roads are bad in these ruinous days.
No rest for you yet! Were you reckoning on bed?
The best you'll get is the bottom of the cart
with his body for bolster.

TORHTHELM

You're a brute, Tída.

TÍDWALD

It's only plain language. If a poet sang you:
'I bowed my head on his breast beloved,
and weary of weeping woeful slept I;
thus joined we journeyed, gentle master
and faithful servant, over fen and boulder
to his last resting and love's ending',
you'd not call it cruel. I have cares of my own
in my heart, Totta, and my head's weary.
I am sorry for you, and for myself also.
Sleep, lad, then! Sleep! The slain won't trouble,
if your head be heavy, or the wheels grumble.

> He speaks to the horses.

Força, meninos! Em frente vamos!
Em breve tem comida e belos estábulos,
pois os monges são gentis. Que as milhas passem!

O rangido e o balanço da carroça e o som dos cascos,
continuam por algum tempo, durante o qual ninguém
diz palavra. Depois de certo intervalo, luzes bruxuleiam
ao longe. Torhthelm fala de dentro da carroça,
com voz incerta e meio sonhando.

TORHTHELM

Há velas no escuro e vozes frias.
Pela morte do mestre missa cantam
na ilha de Ely. As eras passam,
homens após homens. Ouve-se o pranto,
murmúrio de mulheres. O mundo passa;
Dias seguem dias, adere a poeira
à tumba do duque, o tempo a devora,
e seus parentes perecem ao redor.
Apagam-se os homens, perdem-se no breu.
O mundo murcha e o esmaga o vento;
as velas se vão. Vem a noite.

A luz desaparece enquanto ele fala. A voz de Torhthelm
se torna mais alta, mas ainda é a voz de alguém
falando num sonho.

Há treva! Há treva, e chega o atroz fado!
A luz ninguém leva? Uma luz acendam,
e a flama soprem! Sus! Fogo desperta,
lareira arde, morada ilumina,
ajuntam-se homens. Emergindo das brumas,
portas cruzam onde os espera o fado.
Ouça! Escuto as vozes que no átrio entoam
palavras duras e solenes votos.
(*Ele entoa*) Coração mais ousado, mais aceso propósito,

Gee up, my boys! And on you go!
There's food ahead and fair stables,
for the monks are kind. Put the miles behind.

> The creaking and rattling of the waggon, and the sound of hoofs, continue for some time, during which no words are spoken. After a while lights glimmer in the distance. Torhthelm speaks from the waggon, drowsily and half dreaming.

TORHTHELM

There are candles in the dark and cold voices.
I hear mass chanted for master's soul
in Ely isle. Thus ages pass,
and men after men. Mourning voices
of women weeping. So the world passes;
day follows day, and the dust gathers,
his tomb crumbles, as time gnaws it,
and his kith and kindred out of ken dwindle.
So men fl icker and in the mirk go out.
The world withers and the wind rises;
the candles are quenched. Cold falls the night.

> The lights disappear as he speaks. Torhthelm's voice becomes louder, but it is still the voice of one speaking in a dream.

It's dark! It's dark, and doom coming!
Is no light left us? A light kindle,
and fan the fl ame! Lo! Fire now wakens,
hearth is burning, house is lighted,
men there gather. Out of the mists they come
through darkling doors whereat doom waiteth.
Hark! I hear them in the hall chanting:
stern words they sing with strong voices.
(He chants.) Heart shall be bolder, harder be purpose,

Mais fero o espírito se a força fenece!
Mente que não teme nem muda o ânimo
quando atroz é a sina, e a treva vence!

Acontece uma grande pancada, sacudindo a carroça.

Ei! Que pancada, Tída! Chacoalham meus ossos,
quebrou-se o meu sonho. Tenebroso frio!

TÍDWALD

É, pancada nos ossos acaba com os sonhos,
despertar dá frio. Mas estranhas palavras
ouvi de você, de vento falando,
de atroz sina e treva que vence.
Falas ferozes que inflamam o peito,
coisa de gentio; não me caem bem.
De fato é noite, mas o fogo não arde:
a treva a tudo cobre, enterra-se o mestre.
Chegando o dia, será igual aos outros:
mais labuta e perda se abatem sobre a terra;
guerra e trabalho que esgotam o mundo.

A carroça range e sofre outra pancada.

Ei! tromba e chacoalha em cascalho e buraco!
Rude é a estrada e não resta descanso
pros homens anglos que a Æthelred seguem.

O rangido da carroça vai sumindo. Faz-se silêncio
completo por um instante. Devagar, o som de vozes
cantando começa a se ouvir. Logo depois as palavras,
ainda que distantes, podem ser distinguidas.

Dirige Domine, in conspectu tuo viam meam.
Introibo in domum tuam: adorabo ad templum
Sanctum tuum in timore tuo.

more proud the spirit as our power lessens!
Mind shall not falter nor mood waver,
though doom shall come and dark conquer.

      There is a great bump and jolt of the cart.

Hey! What a bump, Tída! My bones are shaken,
and my dream shattered. It's dark and cold.

TÍDWALD

Aye, a bump on the bone is bad for dreams,
and it's cold waking. But your words were queer,
Torhthelm my lad, with your talk of wind
and doom conquering and a dark ending.
It sounded fey and fell-hearted,
and heathenish, too: I don't hold with that.
It's night right enough; but there's no fi relight:
dark is over all, and dead is master.
When morning comes, it'll be much like others:
more labour and loss till the land's ruined;
ever work and war till the world passes.

      The cart rumbles and bumps on.

Hey! rattle and bump over rut and boulder!
The roads are rough and rest is short
for English men in Æthelred's day.

      The rumbling of the cart dies away. There is complete silence for a while. Slowly the sound of voices chanting begins to be heard. Soon the words, though faint, can be distinguished.

Dirige, Domine, in conspectu tuo viam meam.
Introibo in domum tuam: adorabo ad templum
sanctum tuum in timore tuo.

(Uma Voz no escuro):

Tão tristes cantam os monges de Ely!
Remai, remai! Que seu canto nos vele!

O canto se faz claro e alto. Monges, carregando uma padiola em meio a círios, passam pelo palco.

Dirige, Domine, in conspectu tuo viam meam.
Introibo in domum tuam: adorabo ad templum sanctum tuum in timore tuo.
Domine, deduc me in iustitia tua: propter inimicos meos dirige in conspectu tuo viam meam.
Gloria Patri et Filio et Spiritui Sancto: sicut erat in principio et nunc et semper et in saecula saeculorum.
Dirige, Domine, in conspectu tuo viam meam.[*]

Eles passam, e o cântico diminui até que se faça silêncio.

---

[*] "Guia, Senhor, diante de tua vista o meu caminho. Entrarei na tua casa: adorarei no teu templo santo, no temor de ti. Senhor, conduze-me na tua justiça por causa de meus inimigos, guia diante de tua vista o meu caminho. Glória ao Pai, ao Filho e ao Espírito Santo: como era no princípio, agora e sempre e nos séculos dos séculos. Guia, Senhor, diante de tua vista o meu caminho." [N.T.]

(A Voice in the dark):

Sadly they sing, the monks of Ely isle!
Row men, row! Let us listen here a while!

The chanting becomes loud and clear. Monks bearing a
bier amid tapers pass across the scene.

Dirige, Domine, in conspectu tuo viam meam.
Introibo in domum tuam: adorabo ad templum sanctum
tuum in timore tuo.
Domine, deduc me in iustitia tua: propter inimicos meos
dirige in conspectu tuo viam meam.
Gloria Patri et Filio et Spiritui Sancto: sicut erat in
principio et nunc et semper et in saecula saeculorum.
Dirige, Domine, in conspectu tuo viam meam.

They pass, and the chanting fades into silence.

III

OFERMOD

Este trabalho, um pouco maior que o fragmento em inglês antigo que o inspirou, foi escrito principalmente como poesia para que seja condenado ou aprovado como tal.* Mas, para merecer um lugar em *Essays and Studies*, suponho que ele deva conter, ao menos de modo implícito, uma crítica da matéria e do estilo do poema em inglês antigo (ou de seus críticos).

Desse ponto de vista, pode-se dizer que o texto é um comentário mais longo sobre os versos 89 e 90 do original: *ða se eorl ongan for his ofermode alyfan landes to fela laþere ðeode*, "então o nobre, em sua soberba avassaladora, acabou cedendo terreno ao inimigo, o que não deveria ter feito". *A Batalha de Maldon* normalmente é considerada um comentário mais longo ou uma ilustração das palavras do velho vassalo Beorhtwold nos versos 312 e 313, citadas anteriormente e usadas na presente obra. São os versos mais conhecidos do poema e, possivelmente, de todo o cancioneiro em inglês antigo. Contudo, exceto pela excelência de expressão, eles me parecem de menor interesse que os versos anteriores; de qualquer modo, a força completa do poema se perde, a menos que as duas passagens sejam consideradas juntas.

As palavras de Beorhtwold costumam ser consideradas a melhor expressão do espírito heroico do Norte, seja ele escandinavo ou inglês: a afirmação mais clara da doutrina da resistência

---

* De fato, há a clara intenção de que funcione como uma recitação para duas pessoas, duas formas em "vaga sombra", com a ajuda de alguns lampejos de luz, ruídos apropriados e o cantochão no fim. É claro que nunca teve uma montagem. [N.A.]

extrema a serviço da vontade indômita. O poema como um todo costuma ser chamado de "o único puramente heroico em inglês antigo que chegou até nós". Tal doutrina, porém, aparece com essa clareza e pureza (aproximada) precisamente porque é colocada na boca de um subordinado, um homem para quem o objetivo de sua vontade era decidido por outro, que não tinha responsabilidades para com os de baixo, apenas lealdade para com os acima dele. Nesse homem, portanto, o orgulho pessoal estava em seu nível mais baixo, e o amor e a lealdade, no nível mais alto.

Pois esse "espírito heroico do Norte" nunca é de todo puro: feito de ouro como é, trata-se de uma liga. Se não houvesse a mistura, ele levaria um homem a aguentar até mesmo a morte sem pestanejar, quando necessário: isto é, quando a morte pode ajudar na realização de algum objetivo da vontade, ou quando a vida só pode ser resgatada pela negação daquilo pelo qual se luta. Mas, uma vez que tal conduta é considerada admirável, a liga que envolve também o bom nome pessoal nunca está de todo ausente. Assim, o guerreiro Leofsunu, em *A Batalha de Maldon*, agarra-se à sua lealdade por causa do medo da reprovação caso retorne vivo para casa. Essa motivação, claro, pode não ir muito além da simples "consciência": o autojulgamento à luz da opinião de seus pares, com a qual o próprio "herói" concorda totalmente; ele agiria do mesmo modo se não houvesse testemunhas.[*] Contudo, esse elemento de orgulho, na forma do desejo por honra e glória, durante a vida e após a morte, tende a crescer, a se tornar a motivação principal, empurrando um homem para além da desolada necessidade heroica — rumo ao cavalheirismo. E certamente ao "excesso", mesmo quando ele é aprovado pela opinião dos contemporâneos, quando isso não apenas vai além da necessidade e do dever, mas interfere com ambos.

Assim, o herói Beowulf (de acordo com as motivações atribuídas a ele pelo estudioso do caráter heroico-cavalheiresco que

---

[*] Ver *Sir Gawain e o Cavaleiro Verde*, versos 2127–31. [N.A.]

escreveu o poema a seu respeito) vai além do necessário, deixando de lado as armas para que seu confronto com o monstro Grendel seja uma luta "com espírito esportivo": isso aumentará sua glória pessoal, embora o coloque em perigo desnecessário e enfraqueça suas chances de livrar os daneses de um desastre intolerável. Mas Beowulf não tem dever algum para com os daneses, pois ainda é um subordinado sem responsabilidades para com os de baixo: e sua glória também é a honra de seu povo, os geatas; acima de tudo, como ele mesmo diz, é algo que dará crédito ao senhor a quem jurou lealdade, Hygelac. Contudo, ele não deixa de lado seu cavalheirismo, e o excesso persiste, mesmo quando já é um rei idoso, sobre o qual todas as esperanças de um povo repousam. Não se digna a liderar uma força de guerreiros contra o dragão, tal como a sabedoria poderia levar até mesmo um herói a fazer; pois, como ele explica numa longa passagem de "vanglória", suas muitas vitórias o livraram do medo. Acaba usando apenas uma espada nessa ocasião, já que lutar com as mãos nuas e sozinho contra um dragão é impossível até para o espírito cavalheiresco. Mas dispensa seus doze companheiros. Beowulf é salvo da derrota e atinge-se o objetivo essencial, a destruição do dragão, apenas por meio da lealdade de um subordinado. O cavalheirismo de Beowulf, se não fosse por isso, teria terminado apenas com a sua própria morte inútil, com o dragão ainda à solta. Da maneira como as coisas se dão, um subordinado sofre um perigo maior do que o necessário e, embora não pague o preço da *mōd* de seu mestre com a própria vida, o povo perde seu rei de modo desastroso.

Em *Beowulf*, temos apenas uma lenda sobre o "excesso" de um nobre. O caso de Beorhtnoth é ainda mais marcante, mesmo visto apenas como uma estória; mas também é tirado da vida real por um autor contemporâneo. Aqui temos Hygelac se comportando como o jovem Beowulf: planejando uma "luta com espírito esportivo" em termos iguais; mas às custas de outras pessoas. Nessa situação, ele não era um subordinado, mas a autoridade a ser obedecida naquele local; e era responsável por todos os homens sob suas ordens, para não desperdiçar as vidas deles, exceto com um único objetivo, a defesa do reino contra um inimigo implacável. Ele mesmo diz que seu propósito é defender o reino de Æthelred, o povo e a terra (versos 52–3). Era heroico da parte dele e de seus homens lutar até a aniquilação, se necessário, na tentativa de destruir ou barrar os invasores. Foi totalmente descabido que ele tratasse uma batalha desesperada, com esse único objetivo real, como um confronto com espírito esportivo, para ruína de seu propósito e dever.

Por que Beorhtnoth fez isso? Devido a um defeito de caráter, sem dúvida; mas era um caráter, podemos supor, que não foi formado apenas pela natureza, mas moldado também pela "tradição aristocrática", preservada em contos e versos de poetas que agora se perderam, exceto por seus ecos. Beorhtnoth era mais cavalheiresco do que estritamente heroico. A honra era, em si mesma, uma motivação, e ele a buscou correndo o risco de colocar seu *heorðwerod*, todos os homens que lhe eram mais caros, numa situação verdadeiramente heroica, na qual só podiam se redimir pela morte. Magnífico, talvez, mas certamente errado. Insensato demais para ser heroico. E dessa insensatez Beorhtnoth, pelo menos, não podia se redimir completamente pela morte.

Isso foi reconhecido pelo poeta de *A Batalha de Maldon*, embora os versos nos quais sua opinião se expressa sejam pouco considerados ou minimizados. A tradução deles citada anteriormente é (creio eu) correta ao representar a força e as implicações de suas palavras, embora a maioria das pessoas esteja mais familiarizada com a tradução de Ker:[*] "então o nobre, por sua ousadia excessiva, cedeu terreno demais à gente odiosa".[†]

---

[*] Tolkien se refere ao escocês William Paton Ker (1855–1923), professor de literatura inglesa que lecionou em várias universidades britânicas, inclusive em Oxford. [N.T.]
[†] *To fela* significa, como expressão idiomática do inglês antigo, que terreno algum deveria ter sido cedido. E *ofermod* não significa "ousadia excessiva", nem mesmo se atribuirmos valor completo ao prefixo *ofer* [ancestral do inglês moderno *over*], recordando como o gosto e a sabedoria dos ingleses rejeitavam

De fato, esses são versos que contêm uma crítica *severa*, ainda que não incompatível com lealdade, e mesmo com amor. Canções de louvor a Beorhtnoth durante seu funeral podem muito bem ter sido compostas, não muito diferentes do lamento dos doze príncipes por Beowulf; mas elas também podem ter terminado com a nota agourenta soada pela última palavra do grande poema: *lofgeornost*, "mui desejoso de glória".

Até onde continua o fragmento de sua obra, o poeta de *Maldon* não elabora o argumento contido nos versos 89–90; ainda que, se o poema teve algum fecho bem azeitado e uma avaliação final do tema (como é possível, já que certamente não se trata de uma obra produzida de modo afoito), esse ponto provavelmente tenha sido retomado. Contudo, se ele sentiu a necessidade de criticar e expressar sua desaprovação de algum modo, então sua análise do comportamento do *heorðwerod* perde a agudeza e a qualidade trágica, que eram seu objetivo, se a crítica não receber o devido valor. Por meio dela, a lealdade dos seguidores ganha peso ainda maior. O papel deles era resistir e morrer, e não questionar, embora um poeta responsável por registrar a cena pudesse comentar, com justiça, que alguém havia cometido um erro sério. Na situação em que estavam, o heroísmo era algo magnífico. Seu senso de dever permaneceu intocado pelo erro de seu mestre, e (de modo mais pungente) nem mesmo no coração dos que eram próximos do velho guerreiro o amor foi diminuído. É o heroísmo da obediência e do amor, não aquele da soberba ou do voluntarismo, que é o mais

---

fortemente o "excesso" (quaisquer que fossem suas ações). *Wita scal gepyldig* […] *ne næfre gielpes to georn, ær he geare cunne*. Mas *mod*, embora seja um termo que possa conter ou implicar coragem, não significa "ousadia", não mais do que o termo em inglês médio *corage*. Significa "espírito" ou, quando não está acompanhado de qualificações, "espírito elevado", do qual a manifestação mais comum é o orgulho. Mas na forma *ofer-mod* ele está qualificado, com desaprovação: *ofermod* é, de fato, sempre uma palavra de condenação. Em poemas, esse substantivo ocorre apenas duas vezes, aplicado uma vez a Beorhtnoth e, na outra, a Lúcifer. [N.A.]

heroico e o mais comovente; desde Wiglaf,[*] debaixo do escudo de seu parente, passando por Beorhtwold em Maldon até Balaclava, mesmo se essa virtude é cantada em versos que não sejam melhores que os de "A Carga da Brigada Ligeira".

Beorhtnoth estava errado e morreu por causa de sua insensatez. Mas foi um nobre erro ou o erro de um nobre. Não cabia a seu *heorðwerod* culpá-lo; provavelmente muitos deles não achariam que ele era culpável, sendo eles mesmos nobres e cavalheirescos. Mas os poetas, como tal, estão acima do cavalheirismo, ou mesmo do heroísmo; e, se alcançam alguma profundidade ao tratar tais temas, então esse "espírito" e os objetivos que busca serão questionados, mesmo apesar dos próprios autores.

Temos dois poetas que analisam longamente o heroico e o cavalheiresco, usando tanto arte como meditação nas eras mais antigas: um perto do começo, em *Beowulf*; e outro perto do fim desse período, em *Sir Gawain*. E, provavelmente, um terceiro, mais perto do meio, em *Maldon*, se tivéssemos toda a sua obra. Não é surpreendente que qualquer consideração da obra de um deles conduza à dos outros. *Sir Gawain*, a mais tardia, também é a mais completamente consciente, e é clara a intenção de criticar ou avaliar todo um código de sentimento e conduta, no qual a coragem heroica é apenas uma parte, que inclui diferentes lealdades. No entanto, é um poema com muitas semelhanças internas com *Beowulf*, mais profundas do que o uso da antiga métrica "aliterante",[†] a qual é, mesmo assim, algo significativo. Sir Gawain, como o grande exemplo de cavalheirismo, é retratado, claro, como alguém profundamente preocupado com sua própria honra e, embora as coisas consideradas honrosas possam ter mudado ou se expandido, a lealdade à palavra dada e ao senhor, bem como a coragem que não recua, permanecem. Essas

---

[*] Personagem do poema Beowulf que acompanha o herói-título em sua batalha final contra o dragão. [N.T.]

[†] É provavelmente a primeira obra a aplicar a palavra "letras" a essa métrica, a qual, na verdade, nunca as levou em conta. [N.A.]

virtudes são testadas em aventuras que não estão mais próximas da vida cotidiana do que Grendel ou o dragão; mas a conduta de Gawain se torna mais valiosa e mais digna de consideração, mais uma vez, porque ele é um subordinado. Envolve-se no perigo e enfrenta a perspectiva certa da morte simplesmente por lealdade e pelo desejo de garantir a segurança e a dignidade de seu soberano, o rei Arthur. E dele depende, em sua demanda, a honra de seu senhor e de seu *heorðwerod*, a Távola Redonda. Não é por acidente que, nesse poema, assim como em *Maldon* e em *Beowulf*, temos a crítica ao senhor, a quem cabe a vassalagem. As palavras são marcantes, embora menos marcantes do que o papel menor que costumam ter na crítica do poema (como também em *Maldon*). Contudo, assim falou a corte do grande rei Arthur, quando Sir Gawain partiu:

> *Diante de Deus, é vergonha*
> *que tu, senhor, devas perder-te, que nesta terra és tão nobre!*
> *Entre os homens como ele não se acham iguais, por certo!*
> *Cuidar-se de dar-lhe mais valor e ajudá-lo seria sábio,*
> *e a tão caro e benquisto varão quiçá um ducado ofertar,*
> *ilustre líder de lordes que muito eleva este reino;*
> *assim seria melhor do que ao assassínio entregá-lo,*
> *decapitado por um homem-élfico em estranha vanglória.*
> *Quem já ouviu contar que tal curso um rei adotou,*
> *qual cavaleiros brincando de intrigas na corte de Natal!**

Beowulf é um poema muito rico: existem, é claro, muitas outras facetas no modo como se descreve a morte do herói; e a

---

* *Before God 'tis a shame / that thou, lord, must be lost, who art in life so noble! / To meet his match among men, Marry, 'tis not easy! / To behave with more heed would have behoved one of sense, / and that dear lord duly a duke to have made, / illustrious leader of liegemen in this land as befits him; / and that better would have been than to be butchered to death, / beheaded by an elvish man for an arrogant vaunt. / Who ever heard tell of a king such courses taking, / as knights quibbling at court at their Christmas games!*

consideração (esboçada anteriormente) dos valores cambiantes do cavalheirismo na juventude e na idade madura e mais responsável é apenas um ingrediente disso. Contudo, claramente é algo que está lá; e, embora a imaginação principal do autor estivesse agindo em caminhos mais amplos, a crítica do senhor que era o objeto da vassalagem é abordada.

Assim, o senhor de fato pode receber crédito pelos feitos de seus cavaleiros, mas não pode abusar de sua lealdade ou colocá-los em perigo apenas para esse propósito. Não foi Hygelac que mandou Beowulf para a Dinamarca por se vangloriar ou fazer um juramento temerário. As palavras que dirige a Beowulf quando este retorna são, sem dúvida, uma alteração da estória original (que aparece de modo furtivo quando se fala da incitação dos *snotere ceorlas*, versos 202–4); mas são ainda mais significativas por causa disso. Ouvimos dizer, nos versos 1992–7, que Hygelac tinha tentado impedir que Beowulf entrasse numa aventura temerária. Muito correto. Mas, no fim do poema, a situação se reverte. Ficamos sabendo (versos 3076–83) que Wiglaf e os geatas consideravam que qualquer ataque ao dragão seria temerário e que tinham tentado impedir o rei de empreender tal aventura perigosa com palavras muito parecidas com aquelas usadas por Hygelac muito antes. Mas o rei desejava a glória ou uma morte gloriosa e jogou com o desastre. Não poderia haver crítica mais pungente do "cavalheirismo" em poucas palavras do que a exclamação de Wiglaf: *oft sceall eorl monig anes willan wræc adreogan*, "pela vontade de um homem muitos devem sofrer opróbrio". Essas palavras o poeta de *Maldon* poderia ter inscrito no cabeçalho de sua obra.

NOTAS

(I)
A MORTE DE BEORHTNOTH

Æthelred II

Rei de 978–1013 e novamente de 1014 até sua morte em 1016. Seu reinado foi prejudicado por muitas invasões vikings. Em material rascunhado, Tolkien observa que "a tentativa de subornar os daneses com *gafol* (tributo) foi adotada pela primeira vez" como política inglesa após o desastre em Maldon. E mais de uma vez ele faz menção ao epíteto depreciativo de Æthelred, "o Despreparado".

Beorhtnoth

Acerca da grafia incomum empregada por Tolkien para o herói de *Maldon*, Michael D.C. Drout observa:

> A lição* do nome no manuscrito é "Byrhtnoth". Tolkien emendou o "y" para o ditongo "eo" […] indicando seu entendimento quanto à provável pronúncia do nome no dialeto oriental em que foi escrito, conforme crê a maioria dos acadêmicos. O poema, da maneira que chegou até nós, está no dialeto saxão ocidental. (p. 161)

---

* *Lição* é o termo usado na crítica textual para as palavras variantes em cada versão manuscrita. Pode-se entendê-la, nesse contexto, como sinônimo técnico de *leitura*. [N.T.]

Isso é corroborado pelas palavras do próprio Tolkien sobre o assunto. Em meio às suas notas linguísticas sobre *Maldon*, ele descreve a mudança "Byrhtnoð no lugar de *Beorht" como uma "mudança no saxão ocidental tardio" (*MS. Tolkien A 30/2*, f. 165). E, em materiais abandonados das porções acadêmicas de *O Regresso*, ele chama a atenção para o lapso que provavelmente jaz entre a composição oral e o registro escrito: o manuscrito de *Maldon*, "agora destruído pelo fogo, foi provavelmente feito quase um século depois da composição do poema" (*MS. Tolkien 5*, f. 88). Como seu drama se passa apenas um dia depois da batalha e seu interesse é, em parte, recuperar as origens do poema, Tolkien opta pela grafia mais antiga.

liderados [...] por Anlaf [...]

No poema, nenhum dos inimigos vikings é identificado por nome. Ao longo da Parte I de *O Regresso*, Tolkien reconhece a "sopa de estórias" que dá forma ao nosso entendimento da batalha — a inconsistente Crônica Anglo-Saxã, o "tardio e em grande parte não histórico" *Liber Eliensis* — ao mesmo tempo em que prepara o terreno para incluir seu próprio drama em verso. Especulação adicional quanto à identidade dos invasores surge no material rascunhado: "os líderes vikings provavelmente se chamavam *Jósteinn* e *Guðmundr*" (*MS. Tolkien 5*, f. 62v).

cavalheirismo deslocado

Cavalheirismo, um termo anacrônico oriundo do francês antigo, é uma palavra-chave no trabalho de Tolkien sobre *Maldon*. É longamente examinada no ensaio "Ofermod" e, de modo notável, faz parte da glosa que Tolkien fornece para *ofermod* ("cavalheirismo superconfiante") na tradução em prosa do poema anglo-saxônico. Tolkien provavelmente achou apropriadas as conexões com a reputação e com o "jogo" de honra cortês. Como anacronismo, o termo ecoa o interesse de Tolkien na mudança dos tempos e das atitudes; a escolha dissonante da palavra talvez enfatize algo do julgamento errôneo de Beorhtnoth quanto ao mau posicionamento de seus homens e do interesse mais abrangente de *O Regresso* na cambiante tradição heroica ao longo do tempo.

abadia de Ely

A patronagem da família na abadia de Ely continuou depois da morte de Beorhtnoth. Segundo o *Liber Eliensis*, entre os ricos presentes dados pela viúva, Ælfflæd, estava uma tapeçaria bordada, hoje perdida, retratando suas grandes façanhas.

cabeça tinha sido decepada

Outras descobertas arrepiantes foram narradas na carta de James Bentham para a Sociedade dos Antiquários em 1772:

> É um fato curioso (relatado ao Editor por um Cavalheiro presente quando os ossos foram examinados) que a *clavícula*, o osso do colo, encontrada na Cela de Brithnoth, parecia ter sido cortada quase de fora a fora — talvez com um machado de guerra ou uma espada de duas mãos. (Deegan, p. 291)

muitíssimos haviam tombado de ambos os lados

O número preciso de corpos é, evidentemente, impossível de determinar. E.V. Gordon supunha que o poema fosse "em geral confiável" quanto aos fatos da batalha, ao passo que outras fontes talvez tendessem a exagerá-los, especialmente quanto às baixas nas forças vikings. A afirmação na *Vita Oswaldi* de que "os daneses [...] mal tinham homens o bastante para guarnecer os navios" é, segundo Gordon, "certamente um exagero", pois eles foram capazes de "continuar com seus saques ao longo das costas" pouco depois (pp. 5–7).

Torhthelm (coloquialmente Totta) [...]. Tídwald (encurtado para Tída)

Não encontrei nos papéis de Tolkien qualquer indicação sobre a procedência ou sobre algum significado especial dos nomes das duas principais vozes em *O Regresso*. Se, por um lado, Totta foi logo fixado, substituindo Pudda nos rascunhos mais antigos, por outro, Tída surgiu mais tarde e em estágios sucessivos: Tibba > Tudda > Tída a partir da Versão *H*. Tom Shippey glosa Torhthelm como "elmo radiante" e Tídwald "regente do tempo" ("Tolkien and the Homecoming",

p. 326). Jessica Yates fascinantemente observou que os nomes sempre estiveram "bem debaixo do nosso nariz" no poema em inglês antigo *Crist* — "*Torht ofer tunglas, þu Tida gehwane*" — apenas três versos abaixo do famoso "*Eala earendel*" que, pode-se dizer, deu origem à mitologia de Tolkien. Equilibrando-se em lados opostos da cesura, eles talvez capturem uma espécie de diálogo em miniatura do *Regresso*. Outras teorias poderiam se valer de topônimos ingleses. Tidwalditun certamente chama a atenção por ser o nome antigo de Heybridge, não muito longe de Maldon, em Essex. As aldeias de Little e Great Totham ficam apenas algumas milhas ao norte de Heybridge. Mais distante fica Totanæs (hoje Totnes), em Devon, ou Tottenham, no norte de Londres.

heróis da antiguidade nortista

Tais figuras, com um pé na história e outro nas lendas, frequentemente ocupavam o coração dos estudos do próprio Tolkien. Há um prazer melancólico em espiar Tída e Totta numa época em que tais contos talvez fossem mais bem preservados. Para saber mais sobre lendas como essas, ver também *Finn and Hengest* e a discussão de Tolkien acerca de Fróda em "Sobre Estórias de Fadas" (*Árvore e Folha*, pp. 41–2).

Ælfwine

Esse nome, que significa "Amigo-dos-Elfos", tem papel importante no legendário de Tolkien, de modo mais evidente como o marinheiro anglo-saxão em *O Livro dos Contos Perdidos*. Se o papel de Ælfwine desaparece em versões posteriores da mitologia, o conceito de Amigo-dos-Elfos certamente não some. Os Amigos-dos-Elfos, de Elendil a Bilbo, atuam dentro da moldura como protagonistas das aventuras e, fora dela, como autores e transmissores dos contos em si.

Fica subentendido aqui […]

Esse ponto é desenvolvido em "*Beowulf*: The Monsters and the Critics". Tolkien observa que a "expressão doutrinal" da coragem do Norte de Beorhtwold "bem pode ter sido usada de fato pelo *eald geneat*, mas, mesmo assim (ou talvez precisamente por isso), provavelmente não deve ser vista como nova, mas como uma *gnoma* antiga e honrada de longa ascendência" (*MC*, p. 45 n. 11).

rima: pressagiando o fim paulatino da antiga métrica aliterante

Para outras informações sobre o poema de Canuto e suas ligações com a abadia de Ely, ver "Merry sang the monks", de Eleanor Parker. Outra discussão acerca da rima em *Maldon* encontra-se no Apêndice II, seção (e).

pouco ou nada mais livre

Tolkien passa um bom tempo tecendo hipóteses acerca dos diferentes modos poéticos do inglês antigo em "A Tradição da Versificação". Na metade de uma folha entre as páginas 7 e 8 desse ensaio, ele classifica três tipos: 1) *"Épico estrito ou "tipo fornyrðislag"*; 2) *"Verso mais livre"*; e 3) *"Prosa poética ou emotiva"*. Ele afirma que *Maldon* é o "principal exemplo" do tipo 2, mais livre, cujos traços incluem "maior liberdade na 2ª metade, anacruse não infrequente, o fonema aliterante principal ocasionalmente na 2ª tônica da 2ª metade — especialmente quando apoiado por uma aliteração cruzada, empregada com frequência. Tipos pesados e tipos soltos mais comuns" (f. 39).

Historia Eliensis

O *Liber Eliensis* é uma história da abadia de Ely em latim que data do século XII, começando com sua fundação em 673.

Rei Canuto

Nem a honrada resistência de Beorhtnoth e nem o tributo monetário de Æthelred II manteriam os invasores do Norte longe por muito tempo. O feroz, mas cristão, Canuto (ou Cnut) tornou-se Rei da Inglaterra em 1016 e, posteriormente, reivindicou as coroas da Dinamarca e da Suécia, governando um vasto — mas efêmero — Império do Mar do Norte, que colapsou com sua morte em 1035.

(II)
O REGRESSO DE BEORHTNOTH, FILHO DE BEORHTHELM

Ouve-se o som [...] *na escuridão.*

Em "Sobre Estórias de Fadas", Tolkien assinala que a Fantasia "dificilmente chega a ter sucesso no Drama [...] visível e audivelmente representada" (p. 59). Talvez seja por isso que pouco ou nada é visto no drama em verso de Tolkien. Mas, assim como a lanterna escura de Tída, *O Regresso* é capaz de iluminar o tecido da fantasia de Tolkien.

Abantesmas [barrow-wights]*

Esses espíritos que assombram antigas colinas tumulares aparecem no primeiro dos poemas coligidos em *As Aventuras de Tom Bombadil* e nas primeiras desventuras dos hobbits no capítulo oito de *A Sociedade do Anel*, "Neblina nas Colinas-dos-túmulos".

Pare com a poesia! [*gleeman's stuff*]

Um *gleeman* é um menestrel, um cantor profissional, talvez descendente do *scop*, ou bardo, anglo-saxão. Tída se refere ao ofício familiar de Totta com uma nota de menosprezo.

era de Woden

Ou seja, na Inglaterra pré-cristã. Woden é o nome inglês antigo do deus nórdico Odin.

tem duas patas

As palavras "lobo" e "criminoso/proscrito" são interrelacionadas em nórdico antigo (*vargr*) e inglês antigo (*wearh*), e essa conexão é retomada também nos malignos wargs de *O Senhor dos Anéis*. Quando

---

* Na tradução brasileira de *O Senhor dos Anéis*, os *barrow-wights* são as *Cousas-tumulares*. [N.T.]

encontram os ladrões de corpos logo em seguida, a sugestão de Tída se prova verdadeira. Ver também a nota a *Maldon*, v. 91, na Parte Dois.

É só uma coruja. [...] Traz má sorte
Essa diferença de opinião acerca do pássaro é uma deixa oportuna para observar que *O Regresso* tem algo em comum com poemas medievais de debate, tais como *A Coruja e o Rouxinol*, em inglês médio, o qual Tolkien estudou, traduziu e sobre o qual ensinou em vários momentos de sua carreira.

O filho-da-irmã!
Mais sobre essa relação especial pode ser lido na nota de Tolkien a *Maldon*, v. 115, na Parte Dois.

Um fado cruel leva-o assim logo
Essa pungente imagem faz recordar *A Spring Harvest* [Uma Colheita de Primavera], antologia poética de G.B. Smith editada por Tolkien e publicada em 1918, após a morte prematura de Smith na Primeira Guerra Mundial. Mark Atherton nota paralelos entre o poema "Glastonbury", de Smith, e *O Regresso* (*There and Back Again*, p. 158).

mau é ver barbados que às costas põem broquel [...] os bastardos
É uma referência à fuga dos filhos de Odda relatada no poema. Ver a nota de Tolkien a *Maldon*, v. 190, na Parte Dois.

arma nova do ferro antigo
Ælfwine é descrito aqui como uma espada reforjada — um *tópos* familiar ao legendário de Tolkien, como se vê em Narsil > Andúril e Anglachel > Gurthang.

ficar para trás [left with the luggage][*]
Em *O Senhor dos Anéis*, os hobbits fazem comentários autodepreciativos nesses termos. Quando estão no Grande Rio, Sam se considera

---

[*] Isto é, "ficar para trás junto com a bagagem". [N.T.]

"só bagagem num barco"; e Pippin, capturado pelos Uruk-hai, reflete lugubremente sobre seu papel na companhia: um "incômodo: um passageiro, uma peça de bagagem" (pp. 540; 665).

quem é livre e desvalido [...] pode ser mais duro [...] que fidalgos de escol

Apesar das dúvidas acerca da coragem de Totta, o sentimento, repleto de lealdade e inesperada determinação, é certamente hobbitesco. Em uma carta de 1955 para W.H. Auden, Tolkien nota "o valor dos Hobbits, ao colocar terra debaixo dos pés do "romance" e ao fornecer alvos para o "enobrecimento" e heróis mais dignos de elogios do que os profissionais" (*Cartas*, n. 163).

cuja raça remonta a reis antes de Woden

Algumas das árvores genealógicas mais imaginativas da Crônica Anglo-Saxã fazem justamente isso.

corta a espada

De modo parecido, a tradução que Tolkien fez de *Beowulf* diz que a espada do herói "não morderia" a mãe de Grendel (v. 1273). É uma imagem familiar nas lendas de Tolkien, notavelmente no apetite por sangue da senciente Gurthang no Conto de Túrin Turambar, e a lâmina de Gondolin, chamada pelos Gobelins em *O Hobbit* simplesmente de Mordedora.

Olhos [...] como à lua os de Grendel

Gordon argumenta que "*Maldon* é da mesma escola que *Beowulf*, e mais próximo a *Beowulf* em arte heroica e sentimento social do que qualquer outro poema em inglês antigo" (p. 23). Aqui, Tolkien sugere que, ainda que Totta não seja experimentado na batalha, ele conhece algo de *Beowulf*. No rascunho da versão C, "de Grendel" substitui a lápis a expressão mais genérica "de um morador do brejo" (*MS. Tolkien 5*, f. 10).

a espada [...] o punho que reluz [golden hilts]*

Para o desenvolvimento dessa cena nos rascunhos, ver o Apêndice V. Ver também a introdução de *The Battle of Maldon*, de Mark Atherton. Na estória de fadas *Sellic Spell*, o herói Beewolf é chamado de "o cavaleiro dos punhos dourados".

Chorai para sempre [...] enquanto dor ou verso durem no mundo

O canto fúnebre, como Tída percebe, deve muito ao final de *Beowulf*.

Valeu seu labor nas longas noites, a sós em vigília

Em "A Tradição da Versificação", Tolkien fala da provável participação do poeta de *Maldon* em uma vigília solitária como essa. Era também parte de sua própria rotina. Em uma carta de 1944 para Christopher Tolkien, ao relatar o progresso de *O Senhor dos Anéis*, ele observa: "Iniciei seriamente um esforço para terminar meu livro e tenho ficado acordado até muito tarde" (*Cartas*, n. 59). Os turnos de vigia noturna aparecem mais de uma vez nos capítulos de Rohan em *O Senhor dos Anéis*.

Se queria espadas, a ponta achou logo, direto na cara

Isso claramente ecoa (ou antecipa) a conversa entre Beorhtnoth e o mensageiro no poema em inglês antigo (ver também Parte Dois, nota ao v. 46 de *Maldon*).

molhados

Batizados — convertidos ao cristianismo.

Cabeça de Edmund!

Edmundo, o Mártir, rei da Ânglia Oriental, foi decapitado pelos vikings mais de um século antes da Batalha de Maldon.

---

* "Punhos dourados". [N.T.]

Quero tanto beber à memória dele [his funeral ale]*

Cerveja cerimonial bebida durante a celebração fúnebre. Tolkien memoravelmente descreve *Beowulf* nesses termos no ensaio "On Translating *Beowulf*" [Traduzir *Beowulf*]. Ao defender o poema de "um crítico famoso", o qual afirmara que o poema não passava de "uma cervejinha", ele faz frente: "Mas, se for mesmo cerveja, é bebida escura e amarga: uma solene cerveja fúnebre com sabor de morte" (*MC*, p. 49).

Que estranho, sabe, como eles passaram assim pela rampa

Para o desenvolvimento dessa cena crucial, ver o Apêndice V.

para dar aos poetas grandiosas canções

De certo modo, Beorhtnoth é bem-sucedido nisso.

Tomba o último [...] em tempos de antanho toda esta ilha

A estrofe de Totta claramente ecoa os versos que fecham *A Batalha de Brunanburh*, uma Crônica poética que celebra uma vitória em 937. Mas aqui, em vez de celebrar a continuidade promovida pela conquista gloriosa no século V, a queda de Beorhtnoth parece representar o fim de uma era. Um dos toques modernos de *O Regresso* é a maneira como reconhece a ironia cíclica nas devastações dos daneses da época; séculos antes, conduzidos por líderes como Hengest e Horsa, foram os "vikings ingleses" que fizeram o papel de invasores. Uma constante desalentadora em todos esses séculos de guerra parece ser, como nota Tída, que é o corpo dos pobres que aduba a terra.

que morram os piratas

Ver Parte Dois, nota sobre a tradução de *wicinga* (*Maldon*, v. 26).

---

* Em inglês, *"I wish we could drink his funeral ale"*, isto é, *"Gostaria que pudéssemos beber sua cerveja fúnebre"*. [N.T.]

Não cantam sua morte

A obra do poeta de *Maldon* na verdade logra registrar as palavras e os bravos feitos de mais gente do que apenas nobres vassalos. Se perseguirmos a ideia de que foi Totta, no fim, o autor do poema, somos capazes de vê-lo aprendendo com Tída neste e em outros momentos, como quando ele reconhece o grave erro tático na rampa.

Mas nosso Æthelred [...] há de ser presa mais fera [...]

A predição esperançosa de Totta, é claro, não se concretiza.

servo fiel

Uma expressão usada para Sam e Gollum em *O Senhor dos Anéis*.

Há treva! [...] quando atroz é a sina, e a treva vence

Anna Smol enxerga a visão onírica de Totta "penetrando o coração da tradição heroica" (*"Bodies in War"*, p. 275). As imagens impressionantes certamente lembram as que Tolkien usou na famosa palestra sobre *Beowulf*:

> como em uma pequena roda de luz à volta dos seus salões, homens tendo a coragem por esteio avançavam para a batalha contra o mundo hostil e o rebento da escuridão que para todos, mesmo reis e campeões, acaba em derrota. (*MC*, p. 18)

Mais informações sobre o desenvolvimento dessa sequência onírica estão no Apêndice V.

quebrou-se meu sonho

Toda essa experiência noturna foi, para Totta, uma espécie de solavanco na estrada.

Mas estranhas palavras [...] não me caem bem.

Aqui, Tída friamente dispensa os mais famosos versos da poesia anglo-saxônica.

Dirige, Domine [...]

O cantochão faz parte do Ofício de Defuntos católico, suplicando a Deus que mostre o caminho de casa. Ainda que talvez não seja o regresso que Beorhtnoth tinha em mente, tampouco o é o do heroísmo do Norte, desprovido de esperança.

Uma Voz no escuro

Talvez a direção de palco mais clara para a voz esteja no rascunho guardado em Leeds. Conforme o cântico do Dirige esmorece, "ouve-se uma voz mais alta (num barco com vários homens, que chega na sombra e atravessa a frente do palco) dizendo as palavras em inglês".

Em "A Tradição da Versificação", Tolkien questiona se rimas como as de *Maldon*, v. 271, foram escritas pelo poeta; o verso parece "destacável", como se "tivesse escorregado de um estilo diferente". Ele talvez estivesse pensando coisa parecida ao preparar a produção da BBC, pensando ser "melhor omitir" a voz no escuro, embora, no fim, um ator tenha sido escalado para fazer o papel (*Chronology*, pp. 467–9). A voz misteriosa da água é uma constante desde os primeiros rascunhos de *O Regresso*, e ganha uma potência mais dissonante à medida que o restante do drama se move da rima para a aliteração.

A atribuição que Tolkien dá à fonte — as linhas "ecoam alguns versos [...] referentes ao rei Canuto" — só nos leva até certo ponto. A ocasião festiva é invertida em *O Regresso* — os monges não cantam alegremente, mas "tristes". E a ascensão de Canuto ao poder ainda está bem longe da época da demanda de Tída e Totta; ele talvez não fosse nem nascido quando a batalha de Maldon aconteceu. Seja lá o que pressagiam no fim, o tinir da rima nos puxa para fora da tradição aliterante e, com o pedido para ouvirem um instante,[*] nossa atenção retorna para a tarefa de interpretar, no esforço de "ouvir o pranto no arpejo d'harpa". Para uma discussão adicional sobre as ressonâncias históricas aqui, ver "Canute and Beorhtnoth" (*West*, pp. 350–53).

---

[*] No verso em inglês, que diz: *"Let us listen here a while!"* [Ouçamos aqui um instante!]. [N.T.]

(III)
OFERMOD

Mas, para merecer um lugar em *Essays and Studies* [...]

O drama em verso parece preceder em muito o ensaio, embora não esteja clara a rapidez com que talvez tenha sido escrito; de toda forma, nenhum rascunho remanescente está guardado com os demais manuscritos na Biblioteca Bodleiana.

"o único [poema] puramente heroico em inglês antigo que chegou até nós"

A citação vem da edição de 1937 de E.V. Gordon (p. 24).

deixando de lado as armas

"Também descobri que esse fero matador, em sua selvageria, às armas não dá atenção. Então também eu hei de abster-me (para que me ame Hygelac, meu senhor!) de portar espada ou escudo largo" (*Beowulf*, ll. 349-352 na tradução de Tolkien).

como a sabedoria poderia levar até mesmo um herói a fazer [...] longa passagem de "vanglória"

Essa ênfase na estratégia e nas obrigações éticas de um líder no combate, como observa Tolkien, é apenas um dos muitos ingredientes a serem considerados. A palestra de Tolkien sobre Dragões, proferida no dia de Ano-Novo de 1938, vê a decisão do herói sob outra luz:

> Beowulf parece ter percebido a natureza dos dragões: que o poder deles cresce para se equiparar ao poder oponente, de modo que eles podem destruir hostes e, geralmente, só podem ser destruídos pela coragem. Ele era rei, mas se recusou a levar um exército. ("Dragons", p. 52)

A passagem vangloriosa em questão mostra um "destemido" Beowulf falando sobre a infeliz necessidade de armas e instruindo seus homens a não se imiscuírem nessa façanha além da "medida" e esperarem no morro (*Beowulf*, ll. 2109–2129 na tradução de Tolkien).

tratasse uma batalha desesperada [...] como um confronto com espírito esportivo

Mais sobre essa tentação pode ser lido no Apêndice VI.

contos e versos de poetas que agora se perderam, exceto por seus ecos

O gosto de Tolkien por contos perdidos é uma constante em sua obra acadêmica e criativa.

Insensato demais para ser heroico

Em toda essa discussão acerca dos perigos do excesso de coragem, há uma conexão com o sobrenome do próprio Tolkien, que podia significar "temerário" ou, como Tolkien adaptou para um personagem em *Os Documentos do Clube Notion*, "Rashbold".* Em uma carta à Houghton Mifflin, ele escreveu:

> Meu nome é TOLKIEN (*não -kein*). É um nome alemão (da Saxônia), uma anglicização de *Tollkiehn*, i.e. *tollkühn*. Porém, exceto como um guia para a grafia, esse fato é tão falacioso quanto todos os fatos em estado bruto. Pois não sou nem "foolhardy" [temerário], nem alemão, não importando o que alguns ancestrais distantes possam ter sido. (*Cartas*, n. 165)

Para mais informações sobre a recorrência desse atributo na carreira de Tolkien e os vários disfarces do nome na sua ficção, ver Fisher.

se o poema teve algum fecho bem azeitado

Tolkien especula que ele teria tido uns 600 versos de comprimento (ver Parte Três).

---

* *Rashbold* é literalmente algo como "temerário, ousado", mais ou menos o mesmo significado de *Toll-kühn* em alemão. [N.T.]

"A Carga da Brigada Ligeira"

Poema de Alfred, Lord Tennyson, escrito pouco depois da desastrosa investida na Batalha de Balaclava, em 1854.

mesmo apesar dos próprios autores

Se Totta acabar compondo o poema em inglês antigo, bem podemos imaginar a crítica severa a Beorhtnoth feita "apesar" dele, sem intenção.

dos *snotere ceorlas*

A tradução de Tolkien é "homens sábios", sujeitos matreiros. Eles veem "pouca falta" na decisão de Beowulf em ajudar Hrothgar — "isto é, eles aplaudiram" (ll. 163–64, p. 110).

Wita scal geþyldig [...]

Versos 65–69 do poema em inglês antigo *The Wanderer* [O Errante]. Em uma tradução inédita, Tolkien os verteu assim:

> Um homem sábio (um conselheiro) deve ser paciente, não deve ser impetuoso demais de coração, nem apressado demais na fala, nem brando demais na guerra, nem imprudente demais no coração, nem covarde e temeroso demais, nem cobiçoso demais por riqueza, nem ávido demais por se vangloriar antes que compreenda bem. (*MS. Tolkien A 38/1*, f.14).

Parte dois

A Batalha de Maldon

NOTA INTRODUTÓRIA

[A nota a seguir é oriunda dos abrangentes comentários introdutórios de Tolkien sobre o poema (Biblioteca Bodleiana *MS. Tolkien A 30/2*, ff. 74–83). Ela foi editada de modo a fornecer, nas palavras do próprio Tolkien, uma breve indicação da história textual e relevância literária de *Maldon*. O material aqui data da segunda metade dos anos de 1920, quando Tolkien ministrou palestras primeiro sobre "A Poesia do *Anglo-Saxon Reader* [Antologia de Anglo-Saxão], de Sweet" (Michaelmas 1926) e, depois, sobre *Maldon* (1928 e 1930).]

O manuscrito (Cotton Otho A XII) foi quase completamente destruído pelo fogo em 23 de out. de 1731. Ele era, na verdade, um compósito de manuscritos de natureza e períodos bem diferentes. O conteúdo dele está descrito no Catálogo de Wanley [...]. Ele acrescenta excertos da Historia Eliensis sobre a vida de Byrhtnoth.

E isso é tudo o que saberíamos do poema, não fosse por um afortunado acaso: Thomas Hearne, um eminente antiquário do século XVIII o publicou em 1726 (na miscelânea de um apêndice contendo materiais estranhamente variados e frequentemente de pouca importância para o assunto do livro): *Johannis Confratris & Monachi Glastoniensis Chronica*. Tenho aqui um exemplar se alguém quiser ver.

Esse é o caso ao longo de toda a literatura em inglês antigo: quase tudo o que sobrevive é de extrema importância. *O Lamento de Deor* — Estrófico! *Waldere* — abrangente ciclo de lendas gmc. [germânicas], vigorosamente acalorado! Líricas,

Adivinhas. *Maldon*. Repassar 2 opiniões 1) a prática de poesia aliterante não era do S.O. [saxão ocidental] 2) ela já estava irremediavelmente decrépita no século X.

Já se pensou nesse texto como a obra de um poeta compondo versos vigorosos no calor dos acontecimentos — e, por acaso, escrevendo dois versos lembrados como sendo a melhor e mais concisa afirmação do espírito heroico do Norte.

Não sabemos nada sobre quem escreveu esse poema — chegou até nós na forma comum ao cancioneiro em inglês antigo: em saxão ocidental, com formas fortuitas não ocidentais — aqui também com sinais claros de que foi composto tardiamente [...] e, ademais, dificultado por erros cometidos por um antiquário do século XVIII cujo conhecimento de inglês antigo era bem escasso. Talvez tenha sido um homem de Essex, ou mesmo da casa de Byrhtnoth. Beorhtnoth, ou, na forma tardia, Byrhtnoth, era Ealdormano de Essex.

O idioma dos antigos lais foi usado, mas deve-se lembrar que, de muitas formas, a vida ainda era fiel a esse idioma. Beorhtnoth era um homem de alta posição, com seu próprio séquito e comitiva, atados por laços pessoais a ele e sua casa, bem como um "duque" enérgico, um imediato do rei cuja fama e bravura lhe conquistaram respeito por todo o reino. Mortes como as de Byrhtnoth são de maior monta do que todas as vitórias de exércitos imperiais desde que o mundo começou. É delas que nasce a verdadeira literatura — a literatura animada pelo verdadeiro sentimento humano (tão semelhante e tão completamente diferente dos seus arremedos).

Se for isolado das palavras afoitas — mas tocantes e fervorosas — desse fragmento fortuito, seu último discurso soa comoventemente verdadeiro, mesmo nesta época (desconfiada, mesmo que crédula, de declarações ditas em voz baixa). Ele morreu defendendo seu senhor, a Inglaterra e a Cristandade, agradecendo a Deus por todos os júbilos da vida. E essa coisa que foi preservada (por acidente?!) sobrevive para subverter as estimativas nos livros didáticos sobre a Inglaterra de Æthelred e joga mais luz do que qualquer outro documento nas penosas contendas, e nos desastres, e no heroísmo dos ingleses. Uns 300 anos de tormento foram necessários para apaziguá-los. O que Byrhtnoth fez que não foi cantado — Que canções sobre Byrhtnoth foram perdidas! Que devastação de grandes terras, coisas boas da Inglaterra, vidas soberbas — e o ganho de uns poucos versos comoventes que ainda são capazes de revolver as raízes nos corações daqueles que se dão ao trabalho de aprender a língua. O coração pode se comover com muitas outras coisas, mas talvez não haja arrebatamento mais salutar do que aquele que chega ao se captar com ouvidos receptivos preleções nas vozes do próprio povo, vindas de anos longínquos desde a Inglaterra que foi e (talvez) ainda seja.

Maldon não é apenas algo de interesse intrínseco; hoje em dia, desperta também um interesse acidental por trazer à tona os sentimentos, o código de conduta e as lutas desesperadas dos homens na Inglaterra há muito tempo. Ele nos dá um vislumbre perturbador, o bastante para provar que sabemos pouquíssimo da história e do destino das [?formas] nativas da poesia na Inglaterra antes de 1100.

A BATALHA DE MALDON, TRADUÇÃO EM PROSA DE J.R.R. TOLKIEN

[Datando do mesmo período, há um manuscrito rascunhado completo de uma tradução de *Maldon* (Biblioteca Bodleiana *MS. Tolkien A 30/2*, ff. 124–36), a tinta. Uma nota a lápis, muito borrada, no canto superior esquerdo da primeira página da tradução diz: "este [...] negócio [...] intenção [...] tentativa de reproduzir o efeito poético do original". Minha suposição é que as palavras faltantes na verdade invertem o significado da nota, pois o texto claramente *não* se preocupa com o efeito poético, mas procura estabelecer com alguma precisão a narrativa do poeta. O que resta é o assombroso conto, aqui nas palavras do próprio Tolkien, que inspirou *O Regresso*.

Ao editar o manuscrito, optei por apresentá-lo da maneira mais clara e contínua possível, emendando muitas vezes de modo silencioso, e apresentando no rodapé as eventuais dúvidas ou apartes explicativos de Tolkien. Os números no manuscrito, inseridos na margem esquerda a cada cinco linhas, foram escritos com lápis azul; incluo essas marcações de verso entre colchetes para ajudar a orientar os leitores que consultarem o texto em inglês antigo.]

TRADUÇÃO BATALHA DE MALDON

[1]... seria quebrado. Ele então ordenou que cada homem abandonasse seu cavalo e o afastasse, e que marchasse avante,

voltando a mente para golpes de mão[*] e boa coragem. Tão [5] logo o parente de Offa percebeu que o nobre não toleraria covardia, deixou seu amado gavião voar de sua mão rumo à mata, e foi a passos largos para a batalha; sinal evidente de que o jovem não demonstraria fraqueza de coração [10] naquela refrega, pois (agora) pegara em armas. E Eadric também tencionava ajudar seu chefe e senhor na batalha; marchou ávido avante com lança para a guerra: tinha um coração leal enquanto tivesse nas mãos um escudo ou espada larga; [15] fez valer seu voto, agora que devia lutar na linha de frente diante do seu senhor.

Lá então Byrhtnoth começou a dispor seus homens, e cavalgou de ponto a ponto dando conselho e ordens, como deveriam se posicionar e manter [20] tal posição, e ordenou que os homens erguessem os escudos corretamente e que não temessem. Quando bem havia ordenado aquela hoste, desmontou em meio aos seus homens, onde mais amava estar, onde os homens de sua própria casa estavam, de cuja lealdade estava muitíssimo seguro.

[25] E lá se postou na ribanceira e clamou ferozmente, dizendo estas palavras, o mensageiro dos piratas, que presunçoso anunciou o assunto do inimigo de além-mar ao chefe que estava naquela margem: "Audazes navegantes mandaram-me até vocês e pediram-me [30] que lhes dissesse: que céleres devem mandar anéis (de ouro) se quiserem se salvar;[†] e é melhor para vocês (todos) pagarem tributo para refrear este assalto do que nos encontrarmos em batalha tão mortal. Não precisamos destruir um ao outro; se tiverem recursos para tanto, [35] em troca do ouro nos comprometemos a dar trégua. Se você,[‡] que é o chefe aqui, decidir que salvará seu povo e dará dinheiro aos homens do mar conforme o julgamento deles em troca de amizade, e aceitará os nossos termos de paz,[§] nós [40] embarcaremos com

---

[*] (isto é, para luta mano a mano com o inimigo)
[†] (deixar os anéis separados em troca de proteção)
[‡] (seja lá quem for)
[§] = fará as pazes conosco

esse pagamento e zarparemos (novamente) pelo mar e guardaremos paz para com vocês".

Byrhtnoth falou, e ergueu o escudo, e sacudiu o cabo flexível da lança, e disse estas palavras; irado, resoluto, deu-lhe resposta. [45] "Está ouvindo, pirata, o que esse povo diz? Por tributo dar-lhes-ão lanças, a ponta envenenada, espadas forjadas antigamente — tais petrechos que lhes mostrarão pouca benevolência em combate. Enviado de nossos inimigos de além-mar, volte e declare isto a eles, [50] conte ao seu povo* um conto bem menos prazenteiro, que aqui não há nenhum senhor poltrão em meio à sua companhia, mas alguém que defenderá sua terra natal, o reino de Æthelred, meu mestre; este povo e esta terra; os pagãos hão [55] de tombar em batalha. Parece-me uma vil recepção deixá-los voltar a bordo com nosso dinheiro sem luta; agora que chegaram aqui tão longe e puseram os pés em nossa terra; não hão de ganhar tesouro tão facilmente — ponta e gume, e o jogo sinistro da guerra hão [60] de decidir nossa querela antes de pagarmos tributo!"

Ele então deu ordens para avançarem as fileiras e para os homens marcharem avante para que todos ficassem sobre a ribanceira. Ali, por causa da água, nenhuma das hostes conseguia chegar até a outra; [65] ali, depois da baixa-mar veio a maré-cheia, as correntes d'água se encadearam.† Estavam impacientes pela hora em que poderiam chocar lança contra lança. Eles (então) se postaram de cada um dos lados do Rio Panta em seus exércitos, as fileiras de Essex e a horda pirata, e nenhum [70] dos lados conseguia infligir dano ao outro, exceto pelos que foram mortos por flecha volante. A maré baixou. Os homens do mar se aprontaram, muitos piratas ávidos por combate. Então, o protetor dos guerreiros‡ ordenou [75] que um soldado, valente em batalha (Wulfstan era seu nome;

---

* ou príncipes
† (juntaram-se — a do rio & da maré alta)
‡ comandante

era filho de Ceola e um homem de valor entre sua própria gente), defendesse a ponte, e atingiu com sua lança de arremesso o primeiro homem que, mais audaz que os outros, pusera os pés na ponte. Ali estavam, ao lado de Wulfstan, dois soldados [80] altivos e destemidos, Ælfhere e Maccus: não lhes passava pela cabeça bater em retirada daquele vau, não, com valentia defenderam-se do inimigo por tanto tempo quanto conseguiram empunhar armas.

Quando eles[*] perceberam isso e viram claramente que lá haviam [85] se deparado com guardiões nada gentis da ponte, os vis invasores fizeram um apelo plausível (ao cavalheirismo de Byrhtnoth) e pediram a oportunidade de chegarem à sua margem e conduzirem suas tropas pelo vau. Então o nobre,[†] em seu cavalheirismo superconfiante [90] cedeu terreno demais para aquele povo odioso. Então ele, o filho de Byrhthelm, vociferou por sobre a água fatal (e os homens lhe deram ouvidos): "Agora que abrimos espaço para vós, vinde, homens, rapidamente a nós e ao combate. Só Deus [95] sabe quem há de ser mestre do campo arrasado".

Então vadearam aqueles lobos[‡] assassinos, (toda) a hoste pirata, sem fazer caso da água, a oeste pelo Panta, e sobre a água límpida os homens da frota invasora portaram seus [100] escudos de tília. Lá, para se opor aos seus adversários, estava Byrhtnoth a postos com seus homens, e ordenou que formassem aquela falange[§] com seus escudos e mandou sua hoste resistir firmemente contra o inimigo. Agora a luta estava perto, a glória na batalha; chegara a hora de aqueles cujo fado era [105] morrer ali tombarem, assassinados. Ali elevou-se o grito de guerra, os corvos iam de lá para cá, e a águia ávida por cadáver; havia clamor sobre a terra. Então fizeram voar das mãos

---

[*] (os daneses)
[†] (Byrhtnoth)
[‡] (proscritos criminosos)
[§] (quadrado britânico [formação militar])

lanças duras como uma lima e venábulos amolados*. [110] Os arcos estavam ocupados, o escudo levava pontada, amargo foi o ataque; homens caíram dos dois lados, e guerreiros jaziam mortos. Ferido estava Wulfmær, parente de Byrhtnoth, filho da sua irmã, e ali jazia no leito de morte em meio aos assassinados, [115] estava gravemente ferido por espadas. Por causa dele, houve retaliação aos piratas. Conta-se que Eadweard matou um deles rapidamente com sua espada (e não hesitou no golpe), de modo que morto aos seus pés caiu o fadado guerreiro. [120] Por isso seu príncipe[†] lhe agradeceu, ao seu próprio vassalo, quando achou a oportunidade. Assim, os valentes homens permaneciam firmes na batalha, e pensavam avidamente em quem haveria de alcançar primeiro com a ponta (da lança) os órgãos vitais [125] de homens fadados a morrer, e lutar com suas armas.[‡] Os mortos caíam à terra.

Ficaram firmes, Byrhtnoth os firmava, ordenando que todo homem que desejasse obter glória em batalha com os daneses se empenhasse nos feitos de bravura. Então adiantou-se [130] um robusto na batalha, e ergueu a arma e o escudo diante de si, e avançou contra o guerreiro (Byrhtnoth). Igualmente resoluto, o nobre adiantou-se para chocar-se com o labrego,[§] um queria o mal do outro. Então o homem do mar fez voar [135] uma lança sulista, de modo que o senhor dos guerreiros (Byrhtnoth) foi ferido; ele deu um rápido empurrão com o escudo, de sorte que o cabo da lança se partiu, e fez com que a ponta voasse para trás. Irado estava o guerreiro (inglês), perfurou com sua lança o soberbo pirata que o havia ferido. Experiente na guerra era o guerreiro da hoste (inglesa). Fez [140] seu dardo varar o pescoço do homem, sua mão o guiou para

---

* (inflexivelmente)
[†] (Byrhtnoth)
[‡] (ou seja, eles só pensavam em usar suas armas da melhor forma possível e em ferir os adversários)
[§] > homem

que atingisse os órgãos vitais daquele feroz saqueador.* Então, rapidamente lançou outro, de modo que seu corselete se partiu, e foi ferido no [145] peito, varando os anéis entrelaçados, no coração estava a ponta envenenada. Tão mais satisfeito ficou o chefe; gargalhou alto aquele homem heroico, e clamou graças a Deus pela obra daquele dia que o Senhor lhe concedera. Então, um dos daneses fez voar um venábulo das mãos e [150] ele alcançou e perfurou o capitão de Æthelred. Ao seu lado estava um jovem ainda não adulto, um garoto em batalha, e ele com arrojo retirou a lança ensanguentada [155] de Byrhtnoth — era Wulfmær, o jovem, filho de Wulfstan; ele a fez voar sinistra de volta. A ponta varou, e agora estava morto na terra aquele que tão dolorosamente atingira seu senhor.

Então, um homem de armadura aproximou-se do senhor ferido, e pensou [160] em tomar os anéis e a indumentária do guerreiro, e seus amuletos e sua espada engastada de joias. Então Byrhtnoth sacou a espada da bainha — larga e lustrosa era a lâmina, e o golpeou sobre a cota de malha. Muito rapidamente aquele† guerreiro pirata deteve o golpe e decepou [165] o braço do chefe. Então caiu ao solo a espada de punho pálido brilhante; ele não conseguia empunhar sua forte espada nem manusear sua arma. E, no entanto, disse mais estas palavras, o guerreiro de cabelos grisalhos, e exortou seus homens, mandando que avançassem [170] juntos, como homens bravos. Então, sem mais conseguir firmar-se em pé, lançou os olhos aos Céus (e disse) "agradeço a Ti, Senhor dos povos, por todos os júbilos que conheci [175] neste mundo. Agora, Ó Deus misericordioso, necessito muitíssimo que Tu concedas a graça ao meu espírito, para que minha alma a Ti possa jornadear, ao teu domínio, Rei dos Anjos, partindo em paz. Rogo-Te [180] que os adversários do Inferno me não oprimam". Então, os homens pagãos o golpearam e aos dois que estavam junto, Ælfnoth e

---

* (lit. atingisse a vida naquele)
† (? ou algum outro)

Wulfmær, ambos caíram mortos, juntos do seu senhor sacrificaram a vida.

[185] Então, os que não tinham coragem de permanecer deixaram o campo; lá, os filhos de Odda foram os primeiros a fugir da batalha, e Godric abandonou aquele bom patrão que amiúde lhe dera muitos cavalos. Saltou naquele [190] corcel que era do seu próprio mestre, naqueles mesmos arreios nos quais não era correto (que ele aparecesse),[*] e seus dois irmãos ambos se foram galopando com ele, Godwine e Godwig, não mais cuidavam da batalha, mas saíram da luta e foram-se à floresta, fugindo para lugares seguros e salvando suas vidas, e (com eles) mais homens do que [195] jamais se teria pensado adequado, caso tivessem se lembrado de todas as coisas que ele fizera para seu bem e que mereciam sua gratidão — justo conforme Offa, no dia anterior à batalha, havia declarado no lugar de concílio, quando Byrhtnoth convocou uma assembleia (dos seus [200] capitães), que muitos que ali falavam varonilmente não ficariam firmes depois, na necessidade.

Agora fora morto o chefe da hoste, o capitão de Æthelred; todos os homens da sua casa viram [205] que seu senhor estava caído. E, no entanto, os altivos capitães avançavam, homens destemidos de corações ávidos, eles se apressavam — todos queriam das duas coisas, uma: ou perder as vidas ou vingar aquele que amavam. E assim Ælfwine, filho de Ælfric, os exortou, um cavaleiro jovem em anos, foram estas as palavras que disse, [210] e com valentia falou: "Lembrem-se de todas as falas que amiúde fizemos ao beber o hidromel, quando nós, guerreiros, sentados no salão, fizemos votos de bravura a respeito das [215] duras batalhas a se lutar: Que agora se ponha à prova quem é bravo. Hei de provar aqui toda minha boa linhagem, eu que venho de uma grande casa na Mércia, meu avô se chamava Ealhelm, um sábio ealdormano (duque), bendito entre os homens. E os nobres [220] daquela gente nunca hão de me censurar por dizer

---

[*] porque causou pânico

que de bom grado deixei esta hoste para voltar ao meu próprio lar, agora que meu chefe jaz morto em batalha; o maior dos pesares para mim. Era meu parente e senhor de minha lealdade. [225] Então ele avançou (contra o inimigo), sem esquecer seu desejo de vingança, até que, com a ponta da lança, alcançou um dos homens do mar na sua hoste, de modo que ele caiu ao chão, derrotado por sua arma. Então, exortou seus próprios homens, amigos e companheiros, a [230] avançarem.

Offa falou, sacudindo a lança de freixo: "Eis que tu, Ælfwine, nos admoestaste conforme a necessidade; agora que nosso chefe jaz morto ao chão, é preciso que todos exortemos uns aos outros à luta valente [235] enquanto pudermos segurar e firmar uma arma, lâmina dura, lança e boa espada. Godric, filho poltrão de Odda, nos traiu a todos; [240] quando fugiu naquele cavalo, naquele corcel esplendidamente ajaezado, muitíssimos homens pensaram que era nosso mestre, razão pela qual neste campo as fileiras se abriram, e a parede de escudos foi rompida. Maldita seja sua partida[*] por ter posto tantos de nossos homens em fuga!" Leofsunu falou e ergueu seu broquel, seu escudo [245] como guarda, e assim falou em resposta ao outro. "Isto juro: que não recuarei nem um passo, mas avançarei e vingarei em batalha meu patrão e senhor. Nenhum motivo os leais homens de Sturmere terão para me censurar [250] dizendo que, quando meu líder caiu, voltei para casa sem mestre e deixei a contenda; não! as armas hão de ser minha morte — ponta e ferro." Irado ele avançou a passos largos, continuou a lutar sem se render, e nem se permitiu fugir. Dunnere, [255] um simples "ceorl", brandiu então um venábulo, clamou alto para que todos ouvissem, vociferando que todos os homens deveriam vingar Byrhtnoth: "nenhum homem em meio à hoste que pense em vingar seu senhor deve se mostrar poltrão, e nem se importar com a própria vida".

---

[*] (que sua iniciativa pereça! — mais provavelmente uma imprecação do que dizer "espero que fracasse!", uma vez que foi bem-sucedido)

Eles então avançaram, não faziam caso [260] das próprias vidas; ferozmente os homens da sua casa se atiraram na refrega, aqueles sinistros manejadores das lanças, e a Deus rogavam que pudessem vingar seu senhor e patrão, e empreender um massacre em meio aos inimigos. [265] Valentemente o refém veio em auxílio deles — de nome Æscferð, filho de Ecglaf;[*] ele não se mostrou poltrão naquele jogo de guerra, e muitas setas fez voar avante; ora golpeava um escudo, ora feria seu oponente, incessantemente, [270] de tempo em tempo feria um deles enquanto conseguiu empunhar armas.

Ademais, também na linha de frente estava Eadweard, o Alto,[†] a postos, ávido; falava palavras vangloriosas de que [275] não fugiria e nem arredaria um só pé da terra, pois agora um homem superior a ele jazia morto. Ele rompeu a parede de escudos e lutou com eles até que nobremente vingou seu patrão daqueles homens do mar, antes que ele também estivesse entre os mortos. E também Æthelric, [280] um nobre do séquito de Byrhtnoth, um valente homem que jamais vacilava, incansavelmente lutava, o irmão de Sibyrht,[‡] e muitos outros também partiram os escudos côncavos, com arrojo se defenderam; fímbria de broquel foi quebrada; o corselete cantava uma [285] canção sinistra. Então em batalha Offa matou aquele[§] pirata-do-mar, e ele caiu sobre a terra, e lá o parente de Gadd foi deposto. Rapidamente naquela luta Offa foi ferido de morte; mas ele cumprira o que prometera ao seu senhor, justo conforme o voto que fizera antes a respeito do seu [290] patrão, que ambos iriam cavalgar de volta à cidade e ao lar a salvo, ou (juntos) tombar naquela hoste, e morrer das feridas naquele campo arrasado; ele jazia qual bom cavaleiro perto do seu príncipe.

Então houve ali um estilhaçar de escudos, os homens [295] do mar avançaram, cheios de ira belicosa; muitas vezes a lança

---

[*] (não é Unferð)
[†] (Eduardo longo, compare com Eduardo I = pernas longas)
[‡] provavelmente = Æthelric
[§] (qual? O que matou Byrhtnoth?)

invadiu a casa da vida de homens fadados.* Então, Wi(h)stan deu um passo à frente, filho de Thurstan, e lutou contra eles; causou a morte de três naquela multidão até que tombou entre [300] os mortos o filho de Wighelm. Foi um encontro sinistro ali, naquele dia: lutando, os homens mantinham-se firmes naquela refrega; guerreiros caíam mortos, pesados com ferimentos; os mortos tombavam sobre a terra. Por todo o tempo, Oswold e Ealdwold, aqueles [305] dois irmãos, mantiveram os homens unidos, e incitaram seus parentes ali a permanecerem firmes na hora da necessidade, a empunhar suas armas sem ceder.

Byrhtwold falou, o escudo ergueu, um velho vassalo ele era,† [310] a lança de freixo agitou, e audazmente os admoestou assim: "Toda mente será mais severa; o coração, mais ousado; cada um dos nossos espíritos, maior, conforme nossa força diminui! Aqui jaz nosso bom chefe, ferido até [315] morrer sobre a areia; para sempre há de chorar aquele que agora pensar em abandonar esta luta, eu sou velho e vi muito da vida; daqui não partirei, e pretendo jazer ao lado do meu mestre, que tanto amei!" Desta forma também Godric, [320] filho de Æthelgar, exortou todos a lutar: repetidas vezes fez voar lança e cabo mortal contra os piratas, conforme avançava para as fileiras mais à frente da hoste, talhando e ferindo até que também ele tombou em batalha — esse não era o [325] Godric que fugira do combate [...]

---

* (ou seja, repetidamente as lanças deles perfuraram os corpos dos ingleses remanescentes, ferindo-os mortalmente)
† (ele envelhecera no serviço armado da nobre casa)

NOTAS

[Além do material acima, Tolkien também escreveu um conjunto substancial de notas sobre o poema, organizadas pelo número do verso (Bodleiana *MS. Tolkien 30/2*, ff. 84–123). A seleção limitada de notas aqui apresentadas ressalta a abrangência do interesse de Tolkien na história, na língua e na narrativa do poema, ainda que muitos detalhes linguísticos técnicos tenham sido omitidos. Para orientar melhor o leitor, e conforme a prática de Christopher Tolkien em *Beowulf: A Translation and Commentary*, o número do verso e o texto em inglês antigo em questão seguem a porção correspondente da tradução.]

o nobre [não toleraria covardia]; 6 *se eorl*

Aparentemente usado apenas para *Byrhtnoð* neste poema. Originalmente, *eorl* era usado para alguém de sangue nobre, mas não necessariamente de alguma posição superior ou distinta. Na antiga poesia heroica (aristocrática), é praticamente sinônimo de homem crescido e capaz de lutar. Na Escandinávia, a mesma palavra ganhou intensidade, e significava chefe ou homem local poderoso, de posição próxima à de rei. Aqui, vemos uma provável influência desse uso escand[inavo] (*earl*, posteriormente *jarl*) em *eorl*, que originou a palavra moderna *earl* [conde].

[o mensageiro dos] piratas; 26 *wicinga*

Em verso, somente em *Maldon*. Ocorre nos vv. 26, 73, 97, 116, 139, 322.

Essa popularidade reflete as condições da época. A palavra significava exatamente o que queremos dizer com *pirata*: um *víkingr* em escand[inavo]. Pronto para atacar a gente do seu próprio lar se fossem *ricos*. Em uma saga (*Hallfreðar*), vemos a sua versão de "o dinheiro ou a vida", típico do ladrão de estrada. Eles diziam "o dinheiro *e* a vida". *Sokki*, o *víkingr*, incendiou a casa de Þorvald (porque Þorvald era bem de vida). "Que mal lhes fiz?", pergunta Þ. "Nós vikings não ligamos para esse tipo de coisa — queremos sua vida e o seu dinheiro". E conseguiram.

Profissão honrada — especialmente para os filhos mais novos, ou aqueles que passavam por apuros em casa. Seu sentido original é debatido — mas nessa época = pirata, e assim foi glosada. Um viking, testemunhando uma carta de outorga inglesa, intitula-se *arch-pirata*, pirata-chefe.

conforme o julgamento deles; 38 *on hyra sylfra dom*

Uma antiga expressão germânica [...]

Naturalmente implicava o controle completo da parte de alguém que detinha o "autojulgamento" e um pagamento bem polpudo. Outorgar o "autojulgamento" a alguém era ou um ato de generosidade = fique à vontade — ou um reconhecimento de uma injustiça ou derrota.

Em uma comunidade livre (como a Islândia), ele com frequência levava à justiça, já que uma oferta generosa de "autojulgamento" forçava, pela opinião pública, aquele que o aceitava a ser generoso no seu juízo. Neste tipo de contexto, contudo, implica ganância tirânica.

Byrhtnoth falou, e ergueu o escudo; 42 *Byrhtnoð maþelode, bord hafenode*

Um tipo antigo de frase com rima. Esse tipo *com aliteração* e uma rima inserida como ornamento fortuito é encontrado na poesia mais antiga. É algo diferente, mas abre caminho para a rima sem aliteração. Cf. 271, 282.

irado, resoluto; 44 *yrre and anræd*

Evidentemente uma expressão tradicional — cf. *Beowulf* 1575; *an-ræd* talvez também tenha existido como = feroz para prosseguir; cf. *an-mod* = unânime.

Por tributo dar-lhes-ão lanças; 46 *Hi willað eow to gafole garas syllan*

O "tesouro" do tributo geralmente assumia a forma de anéis, cotas de malha e petrechos de guerra. A troça aqui é que B[yrhtnoth] diz que "eles vão lhes dar como tributo lanças, lanças mordazes e antigas espadas, e o tipo de petrechos que não tem (ou não terá) serventia para vocês em combate". Uma piada com duplo sentido. O tributo será dado na forma de golpes; o equipamento de guerra estará do lado oposto.

a ponta envenenada; 47 *ættrynne ord*

Significava especificamente a ponta da lança, mas às vezes era usado para espadas. Aqui, diz respeito a armas perfurantes no geral.

[espadas forjadas] antigamente; 47 *ealde*

Um elogio. A arqueologia parece confirmar que o feitio germânico das espadas declinou na Inglaterra, e que o que fazia uma boa espada ser chamada de *eald* [antiga], além do fato de sê-lo, era a atribuição lendária a *Wēland* etc.

Espadas antigas venciam batalhas. Beowulf e a *eald sweord eotenis* [na tradução de Tolkien: "uma lâmina gigante, antiga, com gumes rígidos [...] a obra de gigantes".] com a qual B[eowulf] deu cabo da família-Grendel, 1558. Offa (Uffo) venceu a batalha com *Skrep* [espada usada por Offa, uma figura lendária mencionada em *Beowulf* e *Widsith*].

[tais] petrechos; 48 *heregeatu*

Tornou-se o termo técnico para "equipamento", esp. a "indumentária" dada pelo senhor ao vassalo, sendo devolvida ao senhor quando da morte do vassalo — o sentido é ampliado e abrange cavalos, cf. 188 em que B[yrhtnoth] é mencionado como *hlaford* [lorde, senhor] de Godric — e se torna, no fim, tributo pagável ao senhor de um solar quando um ocupante morria.

ponta e gume; 60 *ord and ecg*

Sinédoque: *ord*, ponta = lança; *ecg*, gume = espada

A sinistra zombaria é a de que "*ord and ecg*" serão nossos juízes e árbitros, e decidirão nossa querela antes de chegarmos ao ponto em que teremos de pagar.

as correntes d'água se encadearam; 66 *lucon lagustreamas*

As correntes do mar juntaram-se todas em uma na subida da maré.

lança de arremesso; 77 *franca*

Outra palavra de muita idade, provavelmente de uso frequente na poesia em inglês antigo, mas preservada por acaso principalmente neste poema tardio [...]. Provavelmente significava um tipo especial de lança para arremessar, venábulo — mas, como de costume, na poesia é usada com sentido vago.

fatal; 91 *cald*

Uma palavra prolífica [literalmente "frio"] que conota "fatal". Bem empregada aqui com seu duplo sentido: (1) aplicada à água de fato e (2) à travessia fatal que marcou a virada na batalha e o início do desastre. O emprego das palavras na poesia anglo-saxônica é repleto de sutilezas desse tipo para os que observam.

Para outros usos prolíficos, cf. 96 *wælwulfas*, que, ao mesmo tempo em que descreve vividamente os daneses avançando como uma matilha de lobos famintos "a oeste pelo Panta", também conota proscritos, inimigos de todos os cristãos.

glória na batalha; 104 *tir æt getohte*

Cf. *tir æt tohtan* (*Judith*, 197). Um exemplo de como meios-versos se agarravam à mente dos poetas. Aqui ele não se ajusta muito bem. A palavra usual é *tohte* = formação de batalha (alinhada?). O substantivo *getoht* só é atestado aqui. Não se vê nada do espírito irritante do mestre-escola insistindo na citação exata.

os corvos iam de lá para cá, e a águia ávida por cadáver; 106–107 *Hremmas wundon / earn æses georn*

Os corvos e a águia (e o lobo também) são os seguidores tradicionais dos acampamentos militares, e tornavam-se ávidos e ativos na véspera da batalha, esperando por carniça, o que provavelmente acontecia mesmo com gralhas e corvos. Eles foram introduzidos aqui, é claro, com o propósito primário de reforçar o cenário sinistro e o sentimento de lugubridade antes do início da batalha. O corvo que acompanha as batalhas aparece em *Elene*, *Judith*, *Beowulf* e *Brunanburh*.

A notável passagem em *Beowulf* 3024 é a única em que o poeta verdadeiramente afina sua imaginação com esses símbolos convencionais — o corvo discutindo a refeição com a águia tem conexão direta com a permanência desse motivo na discussão dos "twa corbies" [dois corvos], ou dos "Three Ravens" [três corvos] das baladas.

> Dois corvos.
> *Te assenta no osso do pescoço*
> *Que eu bico o olho azul desse moço,*
> *Do cabelo, um tufo dourado*
> *Para o nosso ninho surrado.**

o escudo levava pontada; 110 *bord ord onfeng*

Um tipo de frase retininte muito apreciada, empregada para sugerir o eco de golpes repetidos.

filho da sua irmã; 115 *swuster sunu*

Essa relação tinha especial importância nas linhagens germânicas, e o laço especialmente próximo que existia entre o tio e o filho da irmã é um motivo em várias lendas (notavelmente *Finnsburg*).

Não há, contudo, razão para suspeitar que Wulfmær não fosse mesmo *swuster sunu* de Byrhtnoth, e isso é uma boa advertência para o tipo de crítica que costuma tratar como falsificações os eventos e situações reais que, por acaso, são iguais aos motivos familiares das lendas. As coisas não se tornam lendárias a menos que tenham sido antes experiências humanas comuns e comoventes. Contudo, a afeição tradicional nessa

---

* *Twa Corbies*. / Ye'll sit on his white hause-bane / And I'll pike out his bonny blue een, / Wi' a lock o' his gowden hair / We'll theek our nest when it grows bare.

relação (seja ela ou não o último remanescente do matriarcado!) pode ter sido o motivo para a menção especial feita pelo poeta.

Conta-se; 117 *gehyrde ic*

Não deixa necessariamente implícito que o poeta não estava lá e que está transformando em verso as narrativas dos sobreviventes. Não significa nada além de "o relato diz". Observe o subjuntivo de discurso indireto em *sloge* 117; isso *não* deixa implícita qualquer dúvida quanto à façanha de Eadweard.

sulista; 134 *superne*

É possível que os "daneses" frequentemente tivessem armas caras saqueadas na França, Itália, Espanha — ou adquiridas em Constantinopla; mas talvez a palavra remonte a tempos heroicos mais antigos, em que coisas caras eram assim denominadas com frequência.

um dos daneses; 149 *dreng*

Uma palavra escandinava. Provavelmente assim empregada aqui de propósito. É a única ocorrência em inglês antigo, mas é atestada em inglês médio.

Wulfmær, o jovem; 155 *Wulfmær se geonga*

Para distingui-lo do *Wulfmær* mais velho, parente de Byrhtnoth, que tombara antes. *Hyse unweaxen* implica que ele ainda estava na adolescência. *Cniht* aqui tem o sentido de *garoto*.

Todas as palavras como *cniht* são traiçoeiras. Visto que os jovens solteiros ou ainda menores de idade são, a um só tempo, os mais audazes e os mais assíduos em serviço, essas palavras se desenvolvem simultaneamente em direções diferentes. Os sentidos de guerreiro valente, galante — jovem, vassalo, serviçal, garoto, rapaz. Em inglês antigo, *cniht* geralmente = garoto [...]. Seu alçamento para a classe superior [ou seja, *knight*, "cavaleiro"] é pós-inglês antigo e se deu pelo sentido de serviçal.

lustrosa; 163 *bruneccg*

Com o gume reluzente. Um epíteto famoso. Cf. *brad ond brunecg*, referindo-se a uma *seax* [faca] (*Beowulf* 1546). *Brun* com sentido de brilhante (usado para armas) ocorre também em *Judith*, *Beowulf* e na Adivinha 17 [do Livro de Exeter].

O sentido de obscuro, escuro, castanho também ocorre em verso e é o *único* sentido na prosa de qualquer período. Isso indica (1) ou que as palavras eram distintas (2) ou que o outro sentido, brilhante, era o convencional quando se referia a *metais*.

A palavra *brun* passou do falar g[ermânico] para o românico, donde *bruno*; mas aí também adquiriu esse sentido de *brilhante*, que ocorre frequentemente na *Canção de Rolando*.

Em inglês médio, pelo menos quando aplicada ao aço (e vidro, e diamantes), entendia-se como algo que brilhava com luz branca. Sugere-se, com alguma probabilidade, que é o mesmo que *brun* — marrom, e que foi usada pela primeira vez com referência às espadas da Idade do Bronze e, ao tornar-se parte do vocabulário poético quando usada para descrever elmos, espadas e pontas de lança, mudou de sentido conforme estes mudaram de metal e aparência. Não é um desenvolvimento semântico incomum.

punho pálido brilhante; 166 *fealohilte*

De punho pálido. *Fealu* em inglês antigo significa pálido, especialmente amarelo pálido (compare com "*fallow* deer"), como folhas ficando pálidas e douradas. Não há nenhuma relação com a palavra *fallow* em relação à terra.* *Fealohilte* não é atestado em nenhum outro lugar.

corcel; 189 *eoh*

A mais antiga palavra para cavalo. Em inglês antigo, sobreviveu basicamente como *eo-* em nomes como *Eomer*, sendo suplantada (exceto na linguagem poética que preservou tantas palavras antigas) por sinônimos como *hors* (corcel, corredor); *mearh* etc. Cf. *eored* = *eoh-rid*, uma cavalaria.

---

* *Fallow deer* é o "gamo", animal da família dos cervos. Aí, *fallow* diz respeito à sua cor amarelada. *Fallow* também é um substantivo, usado para a terra que foi lavrada e deixada para repousar, sem cultivo. [N.T.]

naqueles mesmos arreios nos quais não era correto;
190 *on þam gerædum þe hit riht ne wæs*

(que ele aparecesse) — porque o cavalo do Nobre era conhecido, e provavelmente ajaezado de modo especial e ricamente arnesado: a explicação se encontra em 239, em que se vê que os homens confundiram o vulto de Godric fugindo a galope no famoso cavalo, pensando que fosse Byrhtnoth, o que levou ao pânico.

adequado; 195 *mæð*

Lit[eralmente] medida, e é usada em inglês antigo (e médio) para limites decentes de moderação; na prática, o sentido aqui é "[mais homens] do que era decente", ou respeitável.

homens da sua casa; 204 *heorðgeneatas*

Usado para os vassalos pessoais de um senhor ou rei que viviam no seu salão e sentavam-se à sua mesa junto do fogo. Sem dúvida, aqui não significa nada além dos membros das tropas pessoais de Byrhtnoth, o *heorðwerod*, cf. 24. Mesmo assim, elementos das antigas condições sobrevivem. É essa a palavra com a qual Beowulf descreve a si mesmo e seus companheiros quando chegam na Dinamarca. Portanto, um *heorðgeneat* frequentemente estava próximo (cf. *Beowulf* 260–261). Beowulf era sobrinho de Hygelac.

Lembrem-se de todas as falas que amiúde fizemos ao beber o hidromel; 212 *Gemunon þa mæla þe we oft æt meodo spræcon*

Cf. *Beowulf* 2633 (Wiglaf diz:) [Assim vertido no *Beowulf* de Tolkien, ll. 2208–13: "Não me esqueço do tempo quando, lá onde bebíamos nosso hidromel no festivo salão, juramos ao nosso mestre, que nos deu estas coisas preciosas, que o recompensaríamos por esses trajes de guerreiros, os elmos e as robustas espadas, se acaso tal necessidade lhe sobreviesse."]

Para além do motivo chamado de "comitatus", há também o sentimento de que se devia fazer valer os votos feitos ao beber. Os *Jomsvikings* são o grande exemplo clássico, um bando de vikings celibatários (ou seja, ocupavam um forte militar permanente onde não havia nem mulheres e nem crianças), que defendiam *Jomsburg* no N. da Alemanha e se tornaram tão poderosos que chegaram a tornar-se reis. Foram eles que colocaram Swein Barba-Bifurcada no trono da Dinamarca. Os mais famosos eram Palnatoke e Sigvaldi, filho de Strut-Harald. No brinde fúnebre ofertado pelo Rei Swein, havia bebida assustadoramente forte e cornos enormes. [?Eles] tinham que beber à memória do pai do Rei, então a Cristo, depois a Miguel e, então, a Strut-Harald — e a essa altura já estavam animados para fazerem votos, e o *Earl* Sigvaldi jurou que invadiria a Noruega, e todos seguiram seu juramento.

Na manhã seguinte, os *Jomsvikings* ficaram bem abatidos com isso, achando que tinham dito "palavras grandiosas demais". Mas começaram a tomar providências, o que levou ao completo desastre em uma das mais famosas batalhas navais escandinavas, relatada na *Heimskringla*, da qual quase 250 navios participaram. [Acréscimo a lápis:] Note que temos aqui uma *convenção*, mas uma convenção *viva*, pois os compromissos assumidos em lealdade no comitatus ainda eram completamente genuínos. Eles ainda tinham uma qualidade especial.

sem esquecer seu desejo de vingança; 225 *fæhðe gemunde*

Ter na mente o ódio amargo, o dever de vingança e, assim, demonstrar bravura implacável.

parede de escudos; 242 *scyldburh*

Esse é provavelmente o termo mais antigo para o que também é chamado, neste poema, de *wihaga* 102, *bordweall* 277. Conseguimos discernir o que era por causa da glosa, *testudo* [...]

Aparece em alto-alemão antigo como *sciltburg* = testudo. O nórdico antigo dispõe de *skjaldborg* como nome de uma antiga formação de guerra. Sua descrição clássica está na *saga de Harald Hardrada* a respeito da batalha de *Stamford Bridge*, em 1066. Geralmente, referia-se aos corpos enfileirados bem juntos, escudo tocando escudo — uma formação formidável — de modo que é uma façanha um único guerreiro conseguir irromper num ataque impetuoso, como faz *Eadweard se langa*. Cf. a formação do Quadrado Britânico em "Fuzzy-Wuzzy" [poema de Rudyard Kipling de 1892].

249 *Sturmere*

O único local mencionado no poema. Muito provavelmente = *Sturmer*, em Essex. E é um grão de evidência da origem do poema em Essex. Note que *Leofsunu não* era o autor (é muito evidente que ele morreu), mas o fato de um topônimo em Essex ser o único mencionado em 325 versos que tratam da queda de muitos nobres talvez indique que o autor era da região.

homens; 249 *hælæð*

É interessante observar esse pl[ural] arcaico sobrevivendo em um trecho tardio de poesia.

um simples "ceorl"; 256 *unorne ceorl*

Um homem que não era da nobreza, ou um nobre de nascimento (*eorl*), mas livre e não unido pelos mesmos sentimentos de honra aristocrática (pelo menos de acordo com as noções de uma sociedade aristocrática) — mas, mesmo assim, sacrificava a vida em nome da lealdade. O poeta provavelmente via isso como um testemunho particular do amor inspirado por Byrhtnoth. Dunnere não teria de enfrentar o mesmo opróbrio ao voltar para casa se tivesse partido após a morte de B.

unorne = humilde, medíocre, de pouco valor — se usado para roupas, pobres, rotas. Tem origem obscura.

refém; 265 *gysel*

Não sabemos o que um "refém" estava fazendo no séquito de B, especialmente um refém com nome inglês (e cujo pai também era inglês). Contudo, note que *on Norðhymbron* = Nortúmbria,[*] quer a referência seja aos daneses, quer aos ingleses da região. Na confusão daqueles dias, quando a Nortúmbria era um reino à parte (em teoria, pagavam

---

[*] No texto original da tradução de Tolkien não consta o verso 266, em que se diz que Æscferð era de uma família da Nortúmbria, reino do norte da Inglaterra. [N.T.]

tributo aos Reis de Wessex), é claro que tanto ingleses quanto daneses com frequência estariam no mesmo exército, lutando contra as forças de Wessex. E o nome inglês também não prova uma linhagem puramente inglesa nessa época — pelo menos 100 anos após o estabelecimento definitivo dos escandinavos na Nortúmbria (ocupando-se da lavoura etc.).

Um paralelo com o dever do refém de se portar exatamente como um membro original do comitatus está em *Cynewulf and Cyneheard*, em que o *gisel* britânico no séquito de Cynewulf luta com os outros homens do rei contra as forças muito maiores conduzidas por Cyneheard, o qual, contudo, oferece a todos a chance de poupar-lhes a vida.

Æscferð, filho de Ecglaf; 267 *Ecglafes bearn* [...] *Æscferð*

Estranhamente parecido com *Unferð Ecglafes sunu* em *Beowulf*.

271 *æfre embe stunde he sealde sume wunde*

O verso é notável porque substitui completamente a aliteração pela rima.

jamais vacilava, incansavelmente lutava [...];
281-2 *fus and forðgeorn feaht eornoste / Sibyrhtes broðor and swiðe mænig oþer*

É difícil decidir como pontuar. Temos uma espécie de "conexão fluida".

Este é outro exemplo em que a aliteração é substituída pela rima.

283 *cellod*

Significado e etimologia desconhecidos. Já vimos os paralelismos que existem entre *A Batalha de Maldon* e outros fragmentos restantes da poesia do século décimo. Dificilmente se poderia duvidar que há uma ligação entre esta passagem e *sceolde cellod bord* [...] (*Finnesburh* 29). Infelizmente, tanto *Maldon* quando *Finnesburh* sobrevivem apenas em transcrições do século XVIII. É difícil determinar se o século XVIII corrompeu uma ou ambas as passagens.

[em batalha Offa matou] aquele pirata-do-mar; 286 *þone sælidan*

Qual? O que havia matado Byrhtnoth?

Observe que toda a parte de 184-286 é, na verdade, dedicada a um breve episódio na batalha: a fuga de Godric, Godwine, Godwig, o reagrupamento do séquito pessoal do próprio Byrhtnoth e seus muitos discursos. A morte do *sælidan* — por *Offa*, claramente o chefe do séquito de B (ver suas palavras altivas sobre o restante dos desertores no conselho de guerra) — é reservada para o final.

o parente de Gadd; 287 *Gaddes mæg*

Claramente = Offa. Nada mais sabemos. *Mæg*, desta forma, é usada para estabelecer uma relação entre um homem e qualquer ancestral notável — em geral (mas não sempre), exclusivamente seu pai. Gadd pode ter sido tio ou avô.

um velho vassalo ele era; 310 *se wæs eald geneat*

Temos aqui outro exemplo de uma antiga situação tradicional e sua ocorrência real coincidindo. Não há razão para duvidar que Byrhtwold *era* mesmo um *eald geneat*, e que ele disse mesmo palavras memoráveis não muito diferentes dessas que, sendo notáveis, ficaram consagradas. Contudo, era tradição do *eald geneat* ser implacável e destemido e "falar palavras aladas".

Compare *eald geneat æsc acwehte* com *eald æscwiga*, em *Beowulf* 2042, cujo lugar na história de *Ingeld* corresponde ao do sinistro *Starkaðr* nórdico.

O velho vassalo é mais cioso da honra da casa até mesmo que o mestre — mas, se for uma situação "literária", ela o será apenas porque é também uma situação comum na realidade.

> Até agora, ninguém duvidou da autenticidade de *Maldon* — é difícil dizer por que foi negligenciado — mas, pelo menos tão sensata quanto algumas das críticas "internas" ao texto, seria uma que indicasse o quão mítico é isso tudo
>
> o caro *swuster sunu* é o primeiro a cair

todos os personagens fazem discursos de "comitatus" no melhor modo "épico"

o *eald geneat* entra no final, pregando uma coragem que desafia completamente o fado. Na verdade, podem até dizer que ele foi uma invenção do poeta, e seu nome, uma mera variação de Byrhtnoth inserida para enfatizar aquilo que o poeta queria apresentar como sendo o caráter de B — mas, é claro, os dois Bs têm caráter bem diferente.

Toda mente será mais severa [...].; 312–313 *Hige sceal þe heardra heorte þe cenre / mod sceal þe mare þe ure mægen lytlað*
Esses dois versos são merecidamente famosos — em inglês antigo, são vigorosos e resumem de modo curiosamente compacto e potente o atributo especial do heroísmo do Norte: a menos que admita a derrota, você não é derrotado, uma crença fria, sinistra e desesperadamente severa, mas nobre, e não corre o risco, no momento, de ser superpopularizada e exagerada. De fato, se for lida de maneira atenta, dificilmente é possível livrar-se da impressão de que esses versos são mais antigos e remontam a um tempo anterior à trama do contexto — do fato de que Byrhtwold provavelmente disse essas exatas palavras justamente porque eram ou proverbiais ou uma citação familiar.

Parte três

A Tradição da Versificação em Inglês Antigo

com especial referência à
Batalha de Maldon e sua aliteração

[Essa cópia manuscrita a limpo de uma abrangente palestra/ensaio (*MS. Tolkien A 30/2*, ff. 35–38, 44–64) data do final dos anos de 1920 ou início dos 30, quando Tolkien era Professor Rawlinson e Bosworth de Anglo-Saxão no Pembroke College. Não encontrei meios precisos de estabelecer a data em que foi composta ou ministrada, embora talvez tenha sido parte do seu repertório durante os períodos letivos de 1928 e 1930 em Oxford, quando há registro de que palestrou sobre *A Batalha de Maldon*. Apresento as primeiras 34 páginas do texto aqui; as 10 páginas restantes — uma discussão técnica de elementos prosódicos em *Maldon* em uma série de notas assinaladas de *a–f* — encontram-se no Apêndice II. Nos pontos em que Tolkien apresenta uma série de citações em inglês antigo como exemplos de escansão incomum ou de outras características poéticas dignas de nota, omiti todas exceto a primeira, pelo bem da concisão, colocando como referência apenas o número dos versos das citações seguintes.]

A Batalha de Maldon encontra-se em um modo mais apressado ou, antes, menos formal do que os longos poemas que sobreviveram de uma era passada. Seja por seu conteúdo ou pelo manejo dele, percebe-se que estes são, em sua maioria, obras elaboradas do menestrel que se fez erudito (ou do erudito que se fez menestrel), e não apenas do simples menestrel, do bardo de um nobre senhor. Os fragmentos do cancioneiro em inglês antigo que sobreviveram não nos permitem distinguir claramente variedades prosódicas separadas de composição, cada qual com regras diferentes reconhecidas formalmente.* E, no entanto, em algum grau talvez houvesse diferenças reconhecidas. Do contrário, seria surpreendente, pois as condições necessárias estavam presentes: o conhecimento tanto de latim quanto da língua vernácula, frequentemente andando de mãos dadas; um interesse vivaz pela métrica; uma apreciação crítica acerca da poesia nativa e habilidade na sua composição entre os que eram também versados no latim livresco. Às vezes, todas essas coisas se encontravam em um único homem, tal como Aldhelm, de cujos escritos em latim alguns sobrevivem e cuja poesia em inglês, ainda que não tenha sobrevivido, gozou de longa popularidade e tradição, que durou algumas centenas de anos.

Sem dúvida, os "tipos" nativos não eram completamente diferenciados, e todas as variedades se interconectavam quanto às regras de metrificação, convenções e vocabulário poético. Assim, quando a poesia em inglês antigo era empregada para propósitos distintos, tão divergentes quanto algumas das Adivinhas são de *Beowulf*, por exemplo, ela não demonstra — naquilo que sobreviveu — a diferenciação métrica formal entre, digamos, o hexâmetro épico e o verso elegíaco latinos. Mas, ainda assim, isso não significa que suas regras eram iguais em todos os casos e que as variações que efetivamente existem de poema para poema devem ser atribuídas simplesmente a aberrações individuais, à falta de habilidade ou à desorganização e declínio. Não significa, por exemplo, que os versos de *Maldon* que fazem coisas jamais feitas em *Beowulf* eram necessariamente "versos ruins" — dignos de serem assinalados com um óbelo, quando não emendados — feitos por um desleixado ou um sujeito com pressa.

Significa menos ainda que as divergências entre poemas sabidamente tardios (como *Brunanburh* e *Maldon*) e poemas que, segundo conjecturas verossímeis, são pelo menos

---

* Quanto a isso, as "Crônicas em verso" (de tipos variados) são, em certa medida, uma exceção.

200 anos mais velhos (tais como *Beowulf*) devem-se simplesmente à passagem do tempo, tendo como resultado inevitável o colapso das regras. Isso significaria que o metro e a aliteração como os de *Beowulf* não poderiam mais ser empregados no século décimo, e o metro como o de *Maldon* seria desdenhado no século oitavo. Mas nenhuma dessas crenças se baseia em provas e ambas são, provavelmente, inferências infundadas feitas a partir de materiais exíguos. Nessa situação, pode parecer que um estranho acaso ordenou as coisas de modo que os únicos exemplos de poemas escritos nesse modo mais livre, por assim dizer, tenham chegado até nós vindos do final do século X. Mas uma reflexão mostrará que esse acaso poderia muito bem ter sido previsto. Foi provavelmente por um estranhíssimo acaso que *Maldon* sequer foi escrito, e por um acaso ainda maior que um fragmento dele sobreviveu. Mas o acaso age inteiramente contra as poucas coisas (se tanto) desse tipo que foram escritas nessa era passada, as quais tiveram de sobreviver à ruína e à devastação do Norte no século IX, ao desastre em 1066, com a subversão da cultura inglesa relativamente avançada e artística pelos normandos rudes e semibárbaros e, finalmente, à devastação generalizada do XVI. Para desvelarmos essa era passada, dependemos de cópias devotas e tardias de livros sérios e estimados que sobreviveram fortuitamente, trazidos para o sul frequentemente em frangalhos. A sobrevivência de Cynewulf se deve, provavelmente, ao resgate de um único manuscrito no século décimo. Os poemas Cædmonianos são uma coletânea de poemas do século X, infelizmente ineficaz e preservada sabe-se lá como — ainda que evidentemente fossem encontrados em manuscritos mais antigos muito surrados quando a "edição" foi feita na Saxônia Ocidental.

De toda a influência que os muitos eventos perturbadores, maiores e menores, nos quais homens grandiosos e amados (como Byrhtnoth) se depararam com a vitória ou a morte, devem ter tido em poetas e contadores, somente o breve episódio do rei Cynewulf e Cyneheard sobrevive nas crônicas do período pré-dinamarquês — no idioma vernáculo. Outro estranho acaso, sem dúvida ligado ao interesse especial demonstrado na Crônica pela casa real de Wessex, assim como a preservação de *Maldon* por escrito provavelmente estava ligada à patronagem que Byrhtnoth concedia à igreja. Portanto, a aparente relação entre a métrica regular (ou rígida) e o período é provavelmente ilusória, um acidente natural. E, se olharmos um pouco mais de perto, veremos que mesmo os fragmentos que sobreviveram não corroboram tal relação. A métrica rígida pode ser encontrada depois de *Maldon*. No mesmo século, há textos em metro estrito na Crônica: *Brunanburh* em 937; *Eadmund e os Cinco Burgos* em 941/2; a *Coroação de Eadgar* em 973; a *Morte de Eadgar* em 975. Depois, notavelmente, em 1065, a *Morte de Eadweard, o Confessor*, escrito em versos tecnicamente bons, com apenas um deles fugindo à forma rígida: *and se froda swa þeah befæste þæt rice*. Esse texto, feito pelo menos setenta anos depois de *Maldon*, está no metro épico compacto e, nesse quesito, é tão "superior" a *Maldon* quanto *Brunanburh*, situado meio século para trás, na direção oposta. Cem anos depois de *Brunanburh*, ainda era possível compor em um metro essencialmente igual ao de *Beowulf*. A semelhança entre os bons textos da Crônica e sua diferença em relação a *Maldon* é simplesmente uma questão de propósito, não de período. Já se observou que isso ocorre porque tanto *Maldon* quanto *Brunanburh* tratam de batalhas. Mas isso não é realmente essencial. *Brunanburh* não conta uma história: é um fragmento de Crônica em verso; certamente o mais elaborado e instigante deles, mas, ainda assim, um texto feito para um lugar, um louvor formal à casa real em face de uma ascensão, vitória ou morte.

Ao examinarmos *Maldon*, portanto, devemos ter cautela em atribuir os ditos "defeitos" métricos à mudança na própria métrica oriunda de uma deterioração na arte ou de alterações linguísticas. Os metros mudam — pelo menos é o que falamos, querendo dizer que a prática dos poetas muda (nem sempre por causa do declínio na habilidade!). Pois os "metros" não mudam por si só. Um metro, assim como um *triângulo*, não pode mudar. É uma forma abstrata. Uma vez que sejam *conscientemente* reconhecidos como uma regra, ou um sistema de regras — e o reconhecimento consciente é essencial à existência dos metros para o compositor e o público —, eles podem persistir enquanto os poetas encontrarem neles deleite ou tiverem um propósito para eles, e podem ser aplicados a materiais linguísticos de tipos diferentes, em momentos diferentes. Tudo o que necessitam em um período de transmissão *oral* é uma sucessão ininterrupta de artífices. Eles podem, é claro, simplesmente ser perdidos ou esquecidos, como as receitas ou os esboços de qualquer ofício, caso a vida e a cultura de uma nação sofram alguma interrupção desastrosa. Mas uma catástrofe assim — que de fato ocorreu no século XI, fazendo com que os versos sobre Eadweard, o Confessor, se tornassem a última obra da antiga poesia cortês a sobreviver — é bem diferente da lenta desintegração pelo tempo que foi frequentemente presumida. Como se a "métrica" estivesse no mesmo nível dos fonemas vocálicos e sofresse o mesmo impulso inconsciente, sem que os poetas notassem e como se fossem incapazes de freá-lo! Mas a mudança linguística jamais explicará completamente a mudança métrica e, conforme nos movemos de período em período em uma língua (sem uma ruptura histórica direta na continuidade cultural), ela provavelmente tem um efeito relativamente pequeno. O metro rígido de *Beowulf* pode ser aplicado ao inglês atual, e não há nenhuma razão *linguística* inevitável que explique por que ele não continuou a ser empregado em inglês dos dias de Beda até os nossos.

A questão toda é, na verdade, mais complicada do que se costuma observar. O metro depende da língua: tanto é que a menor modificação no material linguístico o afeta. Sob a mais rigorosa análise, nenhum verso escrito pelo mesmo poeta, no mesmo dia, na mesma língua é idêntico a outro. Mas essa análise rigorosa é linguística e fonética, mas não métrica. Ela avalia as diferenças entre dois versos; *o metro abstrai a concordância entre eles.* De fato, o metro é uma abstração, um padrão por si só desprovido de cores e, portanto, de certa forma é independente do seu material: a língua. O mesmo "metro", quando aplicado a materiais diferentes (idiomas diferentes ou mesmo textos diferentes de um só idioma), pode ser comparado a uma mesma estampa de papel de parede impressa em cores diferentes. Portanto, o hexâmetro latino e o hexâmetro grego são o mesmo "metro", mas o resultado de sua aplicação em um material diferente não é o mesmo. Mas, por causa da grande divergência nas estruturas fonéticas do latim e do grego, essa diferença é, com efeito, precisamente do mesmo tipo (ainda que em maior grau) da diferença entre dois hexâmetros no mesmo idioma, ou entre dois poemas escritos em hexâmetros por poetas diferentes. Pode-se dizer que a língua afetou o metro apenas quando as regras foram modificadas *por razões linguísticas*: quando coisas que anteriormente *não* eram permitidas passaram a ser autorizadas devido ao que se poderia chamar de pressão linguística. Dessa forma, o tipo "épico" mais rígido da poesia em inglês antigo diligentemente evita "anacruses" no início do segundo hemistíquio. O fato de evitá-las é uma característica dessa variedade da métrica aliterante. Mas a mudança linguística gradualmente reduziu sua conveniência em um fraseado natural: conforme o tempo passa, é cada vez mais frequente que grupos normais de palavras comecem com uma sílaba átona, à medida que expressões como *a host of warriors* [uma hoste de guerreiros], por exemplo, substitui *hæleða mengo* no uso antigo mais comum, e assim por diante. Assim, mesmo se fosse passado em uma tradição contínua, é provável que o verso aliterante (pelo menos quando empregado em poemas narrativos mais longos, nos quais é difícil resistir constantemente às tendências do idioma) admitisse a "anacruse" em pelo menos uma sílaba átona antes do segundo hemistíquio. Mais estritamente, em outras palavras, os poetas teriam *alterado o metro* para que se adaptasse a diferentes condições linguísticas; ou, em palavras ainda mais precisas, eles teriam adotado um metro diferente (ainda que relacionado). Pois o metro antigo continuaria ali. Não teria sido alterado *pela* mudança linguística e nem de modo inconsciente! Evitar "anacruses" era, originalmente, algo deliberado, pois embora a anacruse tenha sido certa vez mais fácil de evitar, ainda assim precisava ser evitada. Sequências do tipo *a host of warriors* são comuns no fraseado natural mesmo do inglês antigo mais arcaico e, na poesia mais antiga, são permitidas no primeiro hemistíquio, como *ne gefeah he pære fæhðe* (*Beowulf*, v. 109). E em qualquer período, de lá até hoje, se e quando um poeta desejasse, por razões técnicas ou artísticas, ele poderia evitá-las, e escrever no metro "inalterado", desafiando as mudanças no tempo com a simples arma do propósito.

Se desejarmos, então, descobrir por que a poesia de um período difere da de outro na prática métrica (dentro de um tipo genericamente similar), há muitas coisas a se considerar. Não apenas a mudança linguística. Há os poetas como indivíduos — mormente desconhecidos na história do verso aliterante inglês — que, por algum comportamento peculiar próprio, modificaram a tradição que passou por eles. É impossível não querer saber, de vez em quando, mesmo que não se possa descobrir com certeza, por quais métodos as "regras" eram ensinadas ou aprendidas e, assim, transmitidas: como era o aprendizado de poetas e *scops*. E, como condição universal, há também a mudança inevitável no gosto e na moda, aquele enfado em relação às conquistas que desvia o rumo de uma direção para vagar em outra, o qual continuamente domina toda a arte humana. Mas 200 anos não são um grande lapso na história artística, mesmo quando estão repletos do ruído de batalha e destruição como foi no período, digamos, entre a morte de Beda e a queda de Byrhtnoth. E a pressão sobre o inglês, por mais severa que tenha sido, não foi severa o bastante para romper a tradição inglesa. Do contrário, a Batalha de Maldon jamais teria acontecido e o poema sobre ela, jamais escrito. Esse poema está conectado, em quase todas as palavras, com a poesia mais antiga: tão fortemente quanto *Brunanburh*, cuja qualidade epígona foi com frequência tão exagerada quanto o "frescor" de *Maldon* foi mal interpretado. E, no entanto, a parte mais fácil de se transmitir em uma "tradição" é o regramento métrico. Um garoto — que *ex hypothesi* tenha certa inclinação para essas coisas — pode rapidamente compreender até um esquema de regras bem intrincadas, embora ainda precise de muita instrução na arte das palavras antes de conseguir escrever até mesmo versos pouco originais nesse esquema ou de empregar o vocabulário e o estilo herdados pela poesia inglesa. E vimos que, para falar a verdade, versos muito mais "rígidos" — ou seja, bem mais próximos de *Beowulf* e, de fato, metricamente idênticos — foram compostos na mesma época de *Maldon* e nas duas gerações seguintes.

Portanto, da forma que chegou até nós, *Maldon* deve provavelmente ser visto não como um texto de habilidade métrica duvidosa, mas como um sobrevivente — por afortunado acaso — do tipo de poesia menos polida e compacta feita para celebrar os eventos enquanto ainda eram novidade, e aceita pelo que era: um poema em um modo mais livre. Um tipo que raramente chegava sequer a ser escrito. De certa forma, era um tipo "popular", e, por isso mesmo, um ancestral mais diretamente ligado ao verso aliterante do inglês médio. O fato de que nele capturamos, aqui e ali, a própria cadência do inglês médio é provavelmente um indício tanto do seu *tipo* quanto do seu *período*. *Beowulf*, por outro lado, é um produto erudito e conscientemente artístico da união entre o trabalho do menestrel e o do literato (e do saber antiquário), da união entre a harpa e a pena. Seja lá como seu criador trabalhou — com pena ou chumbo e retalhos de pergaminho, ou na própria cabeça —, foi feito de modo elevado e, quanto à métrica, polido até os menores detalhes em um grau notável, ainda bastante aparente na única cópia danificada que sobrevive. Nesse poema se vê economia e concisão, e unidade de movimento na métrica, assim como se vê na poesia em geral de todas as épocas; testemunho de um trabalho árduo, mais do que de mera antiguidade. De fato, a "antiguidade" não tem nada a ver com isso, a não ser que seja por um acidente da história — a menos que você consiga encontrar na história alguma razão clara e especial pela qual o escritor de um período antigo *se daria ao trabalho* e um escritor posterior não. É possível, às vezes, encontrar tais razões na história moral ou política de um país. Mas, no nosso caso — dentro do período chamado de inglês antigo — a outra explicação é muitíssimo mais provável: ou seja, que o *tipo* era intencionalmente distinto.

É claro que existem diferenças de *habilidade* entre os versificadores, as quais aparecem mesmo quando as intenções métricas são iguais. Mesmo em um período ruim, certo indivíduo pode se mostrar um artífice competente; e, mesmo em um bom período, alguns podem ficar abaixo da média. Os bons poetas variam quanto a isso. Mas a métrica "rígida" do inglês antigo não era absurdamente difícil de escrever enquanto métrica. É improvável que a divergência de *Maldon* em relação à métrica rígida se deva simplesmente ao fato de que seu compositor tentou empregá-la e não conseguiu. Ou ele não sabia da existência de uma métrica rígida, e só conhecia uma forma mais solta e, portanto, foi essa que empregou; ou, do contrário, ele conhecia ambas e usou a última por opção.* A primeira alternativa pressupõe uma condição que provavelmente não existia de verdade na Inglaterra do século X. Pois não há dúvidas se o conhecimento da antiga métrica rígida havia perecido em toda parte: sabemos que não havia. Assim, precisaríamos supor que ela só era conhecida em certos lugares ou por certos grupos. Contudo, em nenhum lugar e em nenhum grupo essa métrica seria mais provavelmente conhecida do que em meio aos *heorðgeneatas* e à *hired* do grande duque Byrhtnoth, parente da casa real, com terras a leste e a oeste e homens de Essex e da Mércia (explicitamente no poema) no seu séquito. A menos que a métrica rígida fosse de fato um monopólio dos reis coroados, é precisamente à existência dessas

---

* Não excluo a possibilidade de uma "escrita ruim".

Quando o metro é muito difícil ou desnecessariamente complexo, ou inadequado para o propósito, um poeta pode deixá-lo de lado e usar uma forma mais fácil, seja por considerar sua própria destreza inferior, seja por uma razão genuinamente artística (e ambos os motivos podem se combinar). Mas o metro rígido do inglês antigo não é — especialmente no próprio idioma inglês antigo — difícil ou artificial; não exige uma simples ginástica métrica que interfere na naturalidade expressiva. Quando não se consegue produzi-lo, a razão só pode ser uma das alternativas propostas.

híreds que se deve atribuir a preservação da nobre arte de menestréis, e sua posterior deterioração deve ser imputada à sua queda e destituição por parte de senhores de fala estranha.

Penso ser necessário examinar mais detalhadamente a vaga noção de "tradição poética" (especialmente quando aplicada a palavras e formas, antes de fazer escrutínio de *Maldon* em si), para retornar à ideia de que formas métricas se deterioram ou se alteram por um processo inconsciente análogo — e, de fato, concomitante — à mudança linguística. Tal ideia encontra respaldo superficial no fato de que, em tempos antigos, a poesia tinha sua vida e descendência principalmente dentro de uma tradição *oral* e é, nessa medida, um caso muito semelhante à própria língua, ao que parece. Mas, na verdade, a única parte da poesia que se situa no plano linguístico é o próprio idioma dela, em termos fonéticos, os sons que a compõem. Quando um sujeito recita um poema, os sons que produz são "tradicionais", e ele não tem noção ou não se dá conta da natureza fonética deles e do método com que são produzidos. Mas aquilo que distingue essa sequência de sons como "poesia", em oposição à linguagem em geral, situa-se em um plano diferente: é uma questão sobre a qual ele tem consciência, assim como todos entre o seu público que vale a pena considerar no momento. Ou seja: o *metro* (e a *dicção*) não são relegadas ao reino do hábito, ainda que seu uso possa ser consagrado pela "tradição". O mesmo homem pode dar o nó das gravatas com certos movimentos habituais da mão, os quais há muito tempo deixou de comandar conscientemente, mas a escolha da cor é consciente, ainda que possa ser determinada pela tradição, como por exemplo uma gravata preta para um funeral. Na verdade, é melhor não confundir a tradição com o hábito físico. A suposição subjacente — vista em tantas análises pretensamente científicas de estrutura poética — é a de que o metro reside apenas no exemplar individual: assim como a cor das flores ou a forma das folhas é uma qualidade inerente ao ser das espécies. Isso na verdade significaria somente que o metro é perpetuamente esquecido, e reproduzido apenas porque uma mesma língua e uma mesma disposição dão origem sucessiva a formas quase idênticas. Assim, a faia morre e do seu fruto acabam emergindo folhas de igual formato. E, da mesma forma que se acredita que, com o lento passar do tempo, as aberrações dos descendentes vão se desenvolvendo em um tipo novo de faia, com folhas de formato diferente — não há algumas que simulam os carvalhos? —, igualmente o metro dissolver-se-á e mudará. Mas se a língua é assim de algumas maneiras, a poesia não é. Aqui, antes, temos o lenhador que, na mata, corta os galhos e junta as flores para fazer uma guirlanda para sua fronte, para iluminar seus salões ou adornar o templo dos seus deuses. Ele escolhe os formatos e cores nos cabedais da mata e não pode pegar algo que não existe ali, mas, daquilo que existe, faz uma arte que não reside em nenhuma planta ou árvore. (Ainda que possa vir do Criador de todas as árvores e deva ser, para sempre, algo arbóreo). Essa arte pode ser copiada, contanto que a mata esteja ali; e imitada em outras terras e matas; e pode ser percebida, aprendida ou ensinada, como sendo um modo bonito de se arranjar folhas e flores, como algo imposto sobre os componentes separáveis das guirlandas reais dos lenhadores que viveram antes de nós, ainda que a contemplação delas seja a maneira usual de se aprender o padrão. E, por fim, é algo que podemos impor a nós mesmos, com nossos próprios gostos individuais. Não somos árvores, e não escrevemos em "metros" apenas em conformidade com o desdobrar inconsciente, semelhante a folhas, de nossos ritmos nativos. Cada um de nós tem seus próprios ritmos nativos, como as árvores, mas também temos uma "tradição". Ambos se combinam na poesia. Mas as árvores não fazem poesia, pois não conspiram para ensinar aos mais jovens como seus antepassados moldavam as folhas. (Não há conflito para elas. Elas têm uma linhagem que é somente da carne. Elas não caíram).

 Essa parábola é imperfeita. Pois a guirlanda ou, em sua forma artística mais definida, a pintura, permanece por um período. Também sofre com o tempo, pode desbotar e seus traços podem ficar borrados. Mas tem (com sorte) uma longa vida; e, enquanto dura, não precisa de repetição. Mas um poema perece conforme é declamado. Para viver, precisa ser preservado na memória e, depois, repetido. E os homens morrem mais rápido do que pinturas ou monumentos; e logo chega a hora em que a memória precisa passar para uma mente diferente, e a repetição, para outros lábios, ou então morrer. E todo esse prolongamento da vida, essa "tradição", só pode normalmente ser executada na língua e por meio dela, o elemento "habitual" e o mais mutável. Se a poesia for comparada a uma pintura, então é uma pintura cujo modelo primário não é feito pelo tom da cor, mas pelo delineado e pelo equilíbrio, e, ainda assim, estes são representados somente pelas fronteiras entre as partes coloridas e suas correspondências.

E, gradualmente, conforme o fio da tradição se alonga, a cor, a língua fonética, se altera. É como se uma pintura, toda vez que é vista ou exibida, se alterasse lenta, mas inexoravelmente, de azul e prateado para púrpura e dourado, ou pior, como se certas partes que antes eram parecidas passassem a divergir na cor enquanto outras, antes diferentes, ficassem parecidas. Tais coisas podem ter acontecido com pinturas, mas não são acontecimentos normais na pintura dentro dos lapsos de tempo que presenciaram mudanças linguísticas e fonéticas consideráveis. É verdade que bastantes alterações fonéticas podem acontecer sem que a métrica seja necessariamente perturbada: o metro e a dicção como um todo resistem melhor ao tempo do que a fonética pura. Mas, a qualquer momento, a mudança pode atingir alguma característica fonética que era usada estruturalmente, que tinha importância métrica — a qualidade de uma vogal ou de uma consoante em posição de rima; a quantidade silábica, seu tom ou sua ênfase. Dessa maneira, a mudança linguística pode ser, e no longo prazo geralmente é, corrosiva para o metro.* Que lugar tem a "tradição" nesse conflito entre arte e mudança?

---

* E com isso não quero dizer, é claro, que o metro muda, mas que, para um homem que o esteja empregando na cabeça, certos versos antigos não vão escandir com precisão. Mas e se o homem reverencia os antigos poetas? Ele vai alterar os versos defeituosos ou o metro?

A métrica e o esquema são impostos sobre a língua, ainda que, em última análise, derivem de uma seleção a partir dela. Mas a matéria fluida da língua não carrega essa estampa permanentemente. O que acontece com essa moeda transitória conforme passa de mão em mão? E de que modo a transitoriedade afeta os moedeiros posteriores, que cunham novas moedas seguindo os modelos antigos? Encontramos aqui algo de curioso: as mesmas pessoas que parecem achar que o metro é uma simples parte da história fonética, também parecem atribuir poderes à "tradição" — pelo menos em inglês antigo, que é nosso foco imediato —, poderes que ela provavelmente não possui, a menos que o "metro" seja completamente independente da fonética e que tenha uma vontade arbitrária de desafiá-la! O que a tradição pode preservar e o que não pode?

Já adianto, dizendo logo que penso que ela pode, em geral, preservar a *métrica* e alguns elementos da *dicção*, incluindo a *gramática* arcaica (que pode se tornar "poética" simplesmente no processo de ser preservada em verso depois de já ter caído em desuso no cotidiano), mas não pode preservar *detalhes fonéticos*. Nem mesmo uma tradição escrita* consegue preservar a memória de pronúncias passadas. E uma tradição oral consegue menos ainda. Porque o único meio de se averiguar a pronúncia é aprendendo palavras, e é justamente nesse ato de aprender e usar palavras que as mudanças ocorrem; e, no entanto, as mudanças não ocorreriam se fossem percebidas na hora, se fossem feitas de modo consciente e observado. Elas se dão abaixo ou além da atenção do homem comum, que é o elo essencial na tradição; e ele raramente tem quaisquer ideias acerca das mudanças linguísticas, exceto as mais vagas e mais universais (como esta, por exemplo: "os idiomas, como todas as coisas, mudam com o tempo"). E ele geralmente considera seus próprios sons familiares como sendo

---

* A não ser como parte de um conhecimento específico que pertence à linguística histórica, o que não tem nenhum efeito na prática poética, nem mesmo se o próprio linguista histórico passar a escrever poesia.

"corretos" de alguma forma especial; ao passo que a "correção" do esquema métrico depende, e precisa sempre depender, da concordância, em grandíssima medida, com esse modo "correto" e familiar de se pronunciar as palavras.* Logo surge a questão interessante e complicada: o que aconteceria, então, se um corpo de poesia tradicional, composto em gerações anteriores, fosse transmitido passando por mutações fonéticas, ou outras mudanças linguísticas, que afetam o "metro"? Como surgem os "arcaísmos" e as convenções da poesia? Como a "tradição" os explica ou os preserva, e qual é a sua relação com a *fala* do passado?

As respostas devem variar em momentos diferentes e sob condições diferentes. Mas está bem claro, especialmente se nos circunscrevermos principalmente à antiguidade setentrional, que a condição primária é que sempre houve uma tendência, ou um desejo, de diferenciar a linguagem poética da fala cotidiana — que não era essencialmente ligada ao "arcaísmo" em si. Não se trata da devoção do antiquário ou da curiosidade do filólogo, mas uma crença e um prazer na "*dicção poética*". Com tal crença, não é difícil que as formas não correntes na fala cotidiana se tornem aceitas (e tradicionais, devido à imitação) na poesia: é uma atmosfera favorável à preservação de arcaísmos. Mas somente arcaísmos do vocabulário ou da forma das palavras: não de *sons* individuais. Vamos dar uma olhada nas "palavras" antes de considerarmos os sons. Na poesia tradicional, será possível, com o tempo, encontrar muitas palavras,

---

* Tenho em mente, é claro, o inglês antigo, e períodos em que a "língua elevada" empregada na poesia é, essencialmente, apenas uma variedade culta do idioma cotidiano. Não estou considerando os esforços especiais da tradição *oral* em certas condições culturais — empreendidos por colegiados sagrados, ordens iniciadas ou pelo clero — com vistas a manter a pronúncia *correta* de idiomas obsoletos ou estrangeiros em ritos de seitas ou religiões. Em inglês antigo, não precisamos nos haver com as condições que eram ou são válidas na preservação (ou nas tentativas de se preservar) do sânscrito, do hebraico, ou do árabe. O próprio latim, idioma sagrado do Ocidente, não tinha tal tradição. Sua pronúncia foi exposta à constante influência do vernáculo.

expressões e construções que não são usadas naturalmente na fala cotidiana (a menos que seja por meio de apontamentos, ou na inserção de trechos de sentimentalidade poética na fala coloquial, um hábito mais comum antigamente do que agora e que ajudou na preservação da "dicção poética"). Em alguns casos, elas serão na verdade artifícios poéticos, feitos pelos poetas para serem usadas na poesia e, portanto, poéticas por nascimento; e, em outros casos, palavras que antes eram completamente naturais, mas que foram desde então substituídas. Mas essa distinção não é importante: se agora preservados somente em verso, ambos os tipos terão se tornado poéticos. Sua preservação dependerá do fato de as palavras poderem ser encontradas em poemas memorizados ou em expressões familiares da poesia; e sua interpretação dependerá dos *contextos lembrados*. Palavras arcaicas que certa vez foram de uso muito frequente ainda assim estarão quase vivas, pois o consenso dos muitos contextos em que ocorrem, cada um contribuindo para definir ou ampliar seus sentidos (mesmo quando não forem consciente e individualmente lembrados), agirá quase como uma fala real. Mas continuará sendo mais limitado do que a fala real, e o uso de tais palavras tende a ficar cada vez mais estereotipado. Palavras arcaicas que eram raramente empregadas só terão uma aparência de vida: os contextos podem não ajudar a interpretá-las com clareza, ou podem até mesmo sugerir falsas interpretações.

Assim, podemos chegar a "falsos arcaísmos" — que são os paralelos naturais, ainda que às vezes mais violentos e arbitrários, das mudanças de sentido nas palavras vivas da tradição linguística comum, devido à sugestão equivocada de contextos familiares. Também podemos chegar, assim como na linguagem cotidiana, à fossilização das palavras, entranhadas em uma frase ou expressão da qual não podem mais ser removidas. Os aprendizes de uma poesia tradicional, quando confrontados com palavras raras ou *hapax legomena*,* estão na mesma posição

---

*Palavras ou expressões atestadas por escrito uma única vez na língua. [N.T.]

dos estudantes de tempos posteriores, embora contem com a memória e não tenham acesso a um *Sprachschatz* impresso. Imagine-os diante de *medostigge mæt mægþa hose* (*Beowulf*, v. 924). Esse verso contém duas *hapax legomena*.*

Ora, *medostig* apresenta poucas dificuldades. Podemos analisá-la. Embora talvez sintamos certo atrevimento no uso da elipse, estamos suficientemente familiarizados com o "salão do hidromel" e com o jeito poético de exprimir as coisas de forma estranha, para termos certeza de que "mediram o caminho do hidromel" significa "trilharam o caminho para o hidromel" (isto é, o salão do hidromel). Afinal, a estrada de Abingdon é a estrada para Abingdon. E, se isso faz cócegas na nossa imaginação, podemos repetir, com variações. Sabemos tudo sobre os elementos: tanto *medo* quanto *stig* são palavras familiares que conseguimos inserir em qualquer contexto que as exija, ou substituí-las por equivalentes. Mas com *mægþa hose* é diferente. A construção é bem clara. Sabemos o que é *mægþa*. Mas não sabemos o que é *hose*. Nossa única pista é que, dentro deste contexto e construção, deve significar vagamente "uma companhia, um grupo". Mas isso não é o bastante para usá-la livremente. Imagine nós, desprovidos de filologia ou conhecimento de outras línguas germânicas. Referências a *hansa* em gótico ou alto-alemão antigo não estavam disponíveis para o poeta anglo-saxão. Então, não sabemos (a) se é uma palavra geral para um grupo ou apropriado apenas a donzelas, (b) qual deve ser sua forma em qualquer contexto diferente deste — em termos modernos, não sabemos o gênero e a declinação, ou que forma deveria assumir em qualquer caso além do dativo (comitativo).

---

*É claro que ambas talvez fossem frequentes em poemas perdidos, orais ou escritos. Provavelmente eram. Mas o princípio é o mesmo. A tradição oral consegue preservar um corpo de poesia maior do que o que sobreviveu na escrita durante os séculos destrutivos, mas não consegue preservar tudo, em todos os lugares, de maneira uniforme e imparcial. A própria língua não consegue. Aprendizes da poesia tradicional deviam frequentemente enfrentar problemas como os que *Beo* 924 nos apresenta.

Assim, muito provavelmente, se nós não simplesmente esquecermos essa palavra por causa de sua raridade, deveríamos nos atrever a usá-la apenas em contextos precisamente similares e na expressão fossilizada *mægþa hose*. A poesia em inglês antigo e nórdico antigo oferecem muitos exemplos desse tipo de repetição próxima.

Coisa semelhante acontece com formas arcaicas. Algumas são genéricas e sua função, além da equivalência com formas correntes, é amplamente compreendida. Algumas foram preservadas apenas em certas expressões. Não precisamos nos demorar muito neste ponto, visto que a língua em geral, e a língua dos nossos dias tanto quanto qualquer outra, oferece muitos paralelos. Todos conhecemos o uso de *thou* e as formas verbais correspondentes terminadas em *est*, e também *art*, *wert* etc. Elas foram preservadas na linguagem litúrgica e poética. Não as usamos naturalmente e podemos cometer erros ao usá-las, ou achar algumas tão estranhas a ponto de as evitarmos (como *resistedst*), mas elas estão à disposição e preservadas pela "tradição". Mas não somos obrigados a usá-las. A tradição, quando não é reforçada pela escrita e pela gramática ensinada formalmente, pode preservar formas arcaicas, mas *não pode ditar* o seu uso. Nossa sensação de que, se alguém usa *thou art* em um poema, não deve posteriormente (sem motivo especial) reverter para *you are* é uma sensação sofisticada. Nas condições do inglês antigo, o poeta era sempre bastante livre para preencher o esquema métrico com *material corrente* que, de acordo com o uso e a pronúncia contemporâneos, obedecesse às regras; era possível lançar mão de certas formas tradicionais para auxiliar na obediência métrica ou para dar o sabor de "poesia", conforme o gosto e a conveniência. Não há, em inglês antigo, qualquer registro de ensino lexicográfico abstrato. É de se duvidar que os aprendizes alguma vez ouviram afirmações em termos à mestre-escola, tais como: "*hæleð* significa 'homem' e, se for conveniente, você pode usar *hæleð* também para o plural, em vez de *hæleðas*; compare *monaþ* e *monþas*". Tais ensinamentos abstraídos quanto ao elemento da *dicção poética* não são, de toda forma, parte necessária da tradição em verso. Mesmo hoje, apesar de todos os nossos dicionários, gramáticas e manuais, não adquirimos a dicção poética normalmente ou necessariamente dessa forma. Uma forma que marca o nascimento da filologia — ainda que ela naturalmente sempre tenha sido ligada, especialmente na origem, ao estudo do verso tradicional ou arcaico, e particularmente com a métrica, seja no saber dos bardos, seja em investigações filológicas mais recentes do verso homérico e aliterante. Talvez tenha existido listas mnemônicas de palavras poéticas para *cavalo*, *elmo*, *homem* etc. Elas existiam em nórdico antigo, ainda que, até certo ponto, o fato de terem sido compiladas evidencia a deterioração da arte escáldica, mais do que seu florescimento, originando-se mais pelo senso de dever do antiquário do que pela educação poética prática.

Voltemos ao *metro* e aos *sons*. Se você acredita que o *metro* existe, ou existiu, apenas em exemplos específicos de composições supostamente métricas, não há dificuldade. Pois, nesse caso, todas essas coisas tradicionais são simplesmente métricas e isso é tudo o que você pode dizer: não pode nem elogiar e nem criticar o "metro" delas em pontos específicos, pois isso exigiria algum padrão independente do exemplo. E mesmo a tentativa de escutar poesia metricamente — ou seja, de encontrar a relação dos versos que podem parecer aberrantes com a regra padrão — implica na crença de que existe um padrão abstrato. Portanto, se você acredita nisso, tudo o que pode fazer ao ouvir é perceber vagamente um ritmo (tal como se poderia fazer com motores, ou com o bater de cascos, ou com a canção dos pássaros). E tudo o que pode fazer para imitar é despejar palavras em um fluxo fácil e sem crítica, e pode chamar de ritmo se quiser. Mas certamente não era assim que se escrevia versos em inglês antigo.

Se você acredita que, para os antigos poetas, o *metro* era uma receita independente do pudim, então precisa considerar como eles chegaram à receita; e também o que acontecia quando a poesia tradicional, cuja *pronúncia* havia se alterado ao cabo de gerações, parecia não seguir a receita aqui e ali.

Quanto à primeira questão: não sabemos. Mas é provável que não fosse por natureza diferente da maneira com que os poetas atualmente adquirem os "metros", embora talvez fosse menos casualmente; pois o conhecimento desses assuntos era provavelmente mais generalizado e mais estimado. Em outras palavras, junto do escutar e do memorizar da poesia havia, sem dúvida, também uma certa dose de descrição abstrata das *regras* de fato. Talvez não de maneira organizada, ou com um vocabulário completo de termos técnicos — ainda que possivelmente existissem, como existiam em islandês — mas, mesmo assim, uma disposição de certas leis que orientariam a versificação e pelas quais os versos seriam julgados. E certamente existia a presunção tácita de que havia regras, de que os poemas poderiam ser regulares ou irregulares, metricamente bons ou ruins.

É improvável que houvesse qualquer "profissão" definida na arte dos menestréis, na qual se ingressava como aprendiz e pela qual depois se ganhava a vida sozinho. Certamente não havia uma organização rígida de bardos; e, igualmente certo, era possível aprender os mistérios da poesia, fazê-la e recitá-la com aprovação sem pertencer a nenhum ofício. Assim era na Noruega e na Islândia. Widsith, o menestrel imaginado pelo compilador da lista de reis e heróis lendários no Livro de Exeter, expressa gratidão por elogios e recompensas substanciais, e aonde quer que fosse, apresentava suas canções esperando por ambas as coisas. Mas ele era o embaixador de um rei, e sua recompensa era magnífica, e ele a deu para Eadgils, seu senhor feudal, assim como o guerreiro Beowulf deu ricos presentes de Hrothgar a Hygelac; pois ambos receberam dos seus reis as terras herdadas. Egill Skallagrímsson não era menos ávido por recompensas e elogios; mas era um grande guerreiro de uma casa antiga, um chefe na Islândia. Era certamente um *scop* ou *skáld*, mas não um bardo iniciado.*

---

* Mas pertencia a uma família poética — de onde vem o talento da maioria dos poetas islandeses.

Onde, então, ele aprendeu os rudimentos? No seu próprio lar. Era o costume naquela casa e nas casas dos amigos do seu pai que as pessoas se divertissem, ao beber, fazendo e recitando versos.* E tal era o costume também na antiga Inglaterra. Pelo relato de Beda, Cædmon era muito singular por ser incapaz de contribuir com versos, até mesmo moderados, durante os folguedos. Foi essa peculiar incompetência — tão incomum que até um guardador de gado como ele se enchia de vergonha por isso — que pôs em relevo sua posterior inspiração miraculosa. Algo que passa bastante despercebido atualmente, quando o fazer de versos (ou mesmo recitá-los de cabeça) se tornou tão estranho que é, antes, a versificação que faz um homem ruborizar-se.

Nessa escola ao pé do fogo, era possível aprender métrica e dicção. Os primeiros esforços de Egill estão registrados. Não há razão verdadeira para duvidarmos de sua autoria, mesmo acreditando que a idade com que ele compôs as complicadas estrofes no "metro da corte" — *Kominn emk til arna* (xxxi) e *Sípögla gaf söglum* (xxxi) — foi exagerada para baixo. Mas a estrofe *Þat mælti mín móðir* (xl), atribuída a ele quando tinha por volta dos sete anos, soa verdadeira. Na Islândia, de toda forma, um garoto talentoso, ainda bem jovem e morando na casa do pai, conseguiria dominar os fundamentos do *dróttkvætt*, um metro muito mais complicado que o da poesia épica em inglês antigo. E, depois disso, a única instrução sobre esses assuntos que ele obtinha ou precisava — além de escutar e memorizar a poesia, é claro — era a companhia e a rivalidade de outros *skálds* na corte norueguesa.

Vamos agora examinar a segunda questão e considerar o efeito de poemas antigos nas pessoas que acreditavam na métrica e a conheciam. O verso aliterante é especialmente útil nessa investigação. Algumas de suas características são captadas tão

---

* *Það var þar haft ölteiti, að menn kváðu vísur* ["Era hábito deles ali, quando bebiam cerveja, que os homens recitassem estrofes". *Saga de Egil* xxxi].

prontamente que é impossível imaginar que não fossem vistas como "regras" à parte dos poemas — por exemplo, deve-se no mínimo admitir que todo mundo sabia que tal poesia precisava "aliterar", ou seja, ter no mínimo duas palavras por verso começando com a mesma consoante ou com uma vogal;[*] e que os versos que não continham aliteração não pareceriam "corretos". Por outro lado, essa característica importante, a aliteração, é muito sujeita a perturbações por mudanças fonéticas e ao mesmo tempo, no entanto, é naturalmente intolerante à imprecisão — a qualquer coisa minimamente comparável às rimas finais tradicionalmente imprecisas ou à manutenção das rimas de séculos passados que se alteraram e permanecem como rimas visuais. A aliteração é naturalmente intolerante a essas coisas porque a poesia em inglês antigo a empregava organicamente e, antes de tudo, não como um ornamento, mas como uma característica estrutural fundamental, conectando os hemistíquios em um verso compacto e com frequência determinando o modo pelo qual eles devem ser metricamente analisados: sem ela, o verso é mais inaceitável do que um dístico em verso heroico que nem sequer consegue rimar. Mas essa aliteração essencial[†] depende, por princípio, de uma correspondência, prontamente reconhecida pelo ouvido, entre dois sons, muitas vezes breves e surdos (como *k* ou *p*), espaçados de forma ampla, mas variável. Claramente, a imprecisão seria muito menos tolerada do que nas rimas finais, que consistem na recorrência de uma sequência

---

[*] Mas observe que isso também pressupõe o reconhecimento tanto da existência de *unidades*, ou versos, quanto da sua formação a partir de hemistíquios conectados! Pois é claro que esses dois fonemas aliterantes mínimos não poderiam ser agrupados de um só lado do verso.

[†] Hoje em dia, ela não pode ser completamente apreciada sem alguma prática por ingleses há muito acostumados às rimas finais e ao verso branco, e à aliteração como *ornamento* (uma função essencialmente distinta da que desempenhava no metro anglo-saxão). Ademais, o modo como lemos a poesia em inglês antigo é geralmente displicente demais para que consiga aperfeiçoar nossa sensibilidade métrica. Um islandês ainda consegue detectar prontamente (e fazer objeção) a ausência de aliteração.

de sons (incluindo uma vogal), geralmente em intervalos regulares e frequentemente repetida muitas vezes. Então, seria interessante descobrir, se pudéssemos, o que as pessoas faziam — quando o verso aliterante ainda era atual e vivo — com a poesia antiga que fora danificada pela mudança fonética. Uma coisa parece clara: eles não poderiam sustentar uma pronúncia arcaica para preservar os versos. Não estamos lidando com a pronúncia de livros sagrados, com Vedas ou Bíblias, mas com uma tradição oral genérica que, até onde sabemos, não se dedicava à repetição reverente de poemas considerados "clássicos", mas à prática da *ars poetica*, às regras da poesia e sua ornamentação. E mesmo o latim das Escrituras e da liturgia não foi, no antigo ocidente, resguardado da mudança fonética por uma tradição erudita de pronúncias. A pronúncia do latim era *ensinada* e atormentava um bocado os mestres-escolas; mas era duvidosa, pois fora afetada pelos destinos variados dos sons nas diferentes áreas vernáculas.

Se um homem que conhece o "metro" for confrontado com um poema em um idioma arcaico, ele há de se deparar com versos que não são mais "corretos". Poderá então pressupor que houve um erro ou, se for um crítico mais aguçado, perceber que uma mudança ocorreu. Em qualquer um dos casos, ao lidar com um poema oral, ele pode alterar o verso ou trecho para deixá-lo "correto" conforme o uso contemporâneo. Isso deve ter ocorrido com frequência. Em uma tradição puramente oral, isso deve ser o que *normalmente* ocorria. Ainda que a queda do *u* e do *i* finais em certos contextos seja uma mutação que provavelmente ocorreu muito depois de os ingleses chegarem à Inglaterra (de fato, é geralmente atribuída ao século sétimo), e embora se acredite amplamente que poemas como *Beowulf* e, talvez com maior verossimilhança, outros textos como *Widsith* tenham em si uma matéria antiquíssima entranhada, ainda assim os críticos procuram em vão por algum exemplo irrefutável de verso defeituoso que requeira simplesmente a restauração desse *u* ou desse *i* para que a escansão fique correta. O que é ainda mais notável se comparado à queda do *h* medial. No documento mais antigo escrito em inglês, ele ainda estava nessa posição, mas, sendo um fonema consonantal pleno, deve ter desaparecido também durante a segunda metade do século oitavo, embora a contração do hiato resultante em uma única sílaba longa (que não poderia ser metricamente decomposta em duas), como em *gipiohan > gepio'an > gepeon*, deva ter ocorrido um tanto depois. Ora, duas coisas devem ser notadas: (1) versos defeituosos que geralmente exigem a restauração das sílabas antigas, como *man gepeon* em *Beowulf*, são comuns na poesia mais antiga, mas (2) *não se vê em lugar nenhum sendo imitados em versos indisputavelmente escritos depois que tal contração se tornou um fato coloquial consumado.*

A dedução deve ser, penso, que estamos deixando nosso pensamento confundir a preservação oral e a escrita. A escrita — provavelmente uma ocorrência um tanto excepcional — preservou para nossa leitura alguns poemas originalmente compostos num período antigo. *Mas eles não faziam parte da tradição normal.* Antes mesmo de as cópias serem feitas no dialeto saxão ocidental, os poemas estavam mortos no que diz respeito à tradição oral. Não temos ideia do que eles teriam se transformado caso a Inglaterra não tivesse sido assolada e caso eles tivessem sido transmitidos por repetição viva até, digamos, o ano 950 ou 1000 ou depois, para serem então coligidos, como a Edda em Verso, por amadores do passado, nas raias da Baixa Idade Média e da invasão de novas formas poéticas.

A tradição oral contribuiu para o seu passado — no caso de poemas longos e formais como *Andreas* e *Beowulf*, ela lhes proveu material —, mas, por muito que tenham usado a matéria e a fraseologia tradicional, seus autores eram eruditos que conheciam a arte da poesia, e coisas como essas (*Beowulf* ou *Andreas*) nunca foram, nesse sentido, orais, mas compostas e, logo em seguida, escritas: sua história posterior se deu no *scriptorium*. Assim, o limite máximo para a composição de *Beowulf* situa-se depois da queda do *u* e do *i*; o limite mínimo, antes de a contração de *peo(h)an > peon* estar completa. E antes dessa última data, *Beowulf* deve ter sido escrito e mumificado, a salvo das corrosões de uma tradição oral, mas não dos vermes da edição dos escribas. É até mesmo provável, com base em várias evidências — por exemplo, erros diretos na passagem para o dialeto saxão ocidental causados pela má compreensão da *ortografia arcaica*, presentes no nosso texto —, que essa tradição escrita não foi contínua, mas que tenha havido uma lacuna: uma transcrição feita no período tardio do inglês antigo a partir de um manuscrito do fim do século oitavo ou início do nono. De fato, não há necessidade de pressupor mais do que duas cópias entre o nosso texto e o original escrito.

Ora, isso deixa extraordinariamente interessante a questão da aliteração em *g* na poesia em inglês antigo — uma questão que não recebeu a atenção que merece. Pois aqui nós temos outra mutação fonética (que desta vez afeta diretamente a aliteração, e não a escansão) ocorrendo posteriormente, justo no zênite do inglês antigo e no exato século da maior parte dos nossos manuscritos, o décimo. Novamente, acho que podemos demonstrar que certos poemas foram compostos e seus textos foram escritos antes do evento em questão, e não remodelados depois pela tradição oral. Mas outros ou foram feitos depois de tal acontecimento ou então foram completamente remodelados depois. Toda a poesia mais antiga trata todas as variantes do *g* como equivalentes. Ainda é assim em *Judith*. Nenhuma das Crônicas em verso o faz — nem mesmo aquelas no metro rígido (937, 973, 975, 1065); e é possível demonstrar que, para o autor de *Maldon* também, o *g* anterior e o posterior eram sons distintos que não aliteravam entre si.

Vou pegar outro ponto. Se os "acentos" secundários, certamente presentes no período arcaico, no verso mais livre de *Maldon* parecem ora negligenciados, ora observados, isso deve ser atribuído ao relaxamento generalizado da estrutura métrica e não (como costumavam me ensinar) ao uso esporádico de meios-versos arcaizantes preservados pela tradição. Assim, a repetição de poemas antigos, ou de partes de poemas antigos, poderia preservar na memória, digamos, *ham siðian* "viajar de volta para casa", e também revelar que isso *certa vez foi empregado para preencher um hemistíquio*. Mas se não continuasse a preencher um hemistíquio de acordo com a pronúncia corrente, ele não seria usado por pessoas que conhecessem as regras (e que as estivessem tentando obedecer). A expressão deveria, portanto, ser alterada ou incrementada para obedecer às regras — facílimo de fazer — ou as regras deveriam ser alteradas para acomodar o exemplo. Esse último procedimento é improvável em inglês antigo e, de fato, não se demonstra com clareza que tenha acontecido em lugar nenhum.* E é menos provável ainda nas condições anglo-saxônicas que a "tradição" preservasse não apenas *ham siðian*, mas também o conhecimento, no saber dos bardos, de que tais casos seriam retificados por uma pronúncia: *hám síðian*, se e quando tal pronúncia tivesse deixado de ser empregada. Visto que os poetas do século X deixaram de aliterar o *g* anterior e o posterior — muito embora sua incompatibilidade fosse tornar defeituosos 100 versos de *Beowulf* ou mais — porque eles de fato não aliteravam mais no falar corrente, ao mesmo tempo em que, em todos os pontos da escansão e da dicção, sua poesia era encrostadamente tradicional, parece claro neste ponto — sons passados — que uma tradição poderia dizer pouca coisa.

Ora, em *Maldon* nós encontramos *Nu mæg cúnnìan* 215, *a mæg gnórnìan* 315, que devem ser escandidos de acordo com a provável interpretação métrica dos versos em que se encontram; e temos: *hám síðìe* 251, que *deve* ser assim interpretado.

Compare com *hám síðìan* no *Gênesis* 2161. Mas isso parece conflitar com exemplos como *siðian mote* 177, que poderia parecer um hemistíquio normal do tipo A: *sídĭăn móte*. Mas isso não se pode explicar argumentando que *hám síðìe* é

---

* Visto que a mudança fonética em inglês geralmente seguiu o caminho da redução na quantidade total de palavras, nós deveríamos ter, desse modo, desenvolvido metros "cataléticos". Eles realmente ocorrem em islandês e talvez tenham sido gerados ou sugeridos assim — embora isso não seja nem de longe certeza: é mais provável que tenha havido simplesmente experimentações e invenções métricas. Outras inovações são, na verdade, ampliações. Não há, em inglês antigo, rastros certeiros de formas cataléticas resultantes de ampliações.

"tradicional" e arcaico e que *síđĭăn móte* é um tipo A novo, pré-fabricado e contemporâneo. Não se pode invocar as regras para explicar o enjeitamento da pronúncia tradicional em favor da corrente, ao mesmo tempo em que se invoca a tradição para explicar, em outros exemplos, as pronúncias não correntes. Se a tradição era forte o bastante para escandir corretamente *ham siđie*, então era forte o bastante para alongar demais *siđian mote*. A razão é, antes, que *hám síđìe* ainda era pronunciado assim, e bastava (ainda que minimamente) para preencher um verso; ao passo que *síđìan móte* preenchia um verso ao máximo: Sievers A2,* raramente é encontrado, de fato, no segundo hemistíquio em *Beowulf*, e seu peso é normalmente aliviado no primeiro por uma aliteração dupla. O uso frequente desses grupos mais pesados nos lugares em que são normalmente evitados em *Beowulf*, por exemplo, é uma das marcas prosódicas desse tipo de verso mais livre. Outros exemplos são *stiđlice clypode* 25b, 234b, 265b, e com anacruse também em 72b. Relacionada a isso está a ocorrência não infrequente de anacruse no segundo hemistíquio antes dos tipos A e E: como em 72, já mencionado, também A *mid gafole forgyldan* 32b, 242b etc.; E *and ne forhtedon na* 21b, 49b. (De modo semelhante, A: 11, 55, 66, 68, 96, 146, 189, 231, 240). Muitos desses poderiam ser emendados pela omissão de pequenas palavras desnecessárias, tais como *his*, *to*, *mid*, ou alterações mínimas como *ealle gemanodest* (no lugar de *hafast ealle gemanode*) 231; mas não é o caso com 21, 49, 96, 189, 240, 242. Seja lá qual for a razão dessas divergências† em relação ao verso rígido (e outros de que ainda não tratamos), fica claro que não pode ser mera incompetência ou ignorância do autor. A maior parte do poema está em versos

---

* * [A referência é à classificação de Eduard Sievers baseada nos tipos de hemistíquios aliterantes. A2 é uma variante do hemistíquio "decrescente" (/ x / x).]
† Coisa parecida se encontra em *Beowulf*, como em *weardode hwile* 105b, ou anacruse, como em *swa wæter bebugeð*, 93b; *þa secg wisode* 402b, mas, mesmo contando os casos em que a emenda é clara ou provável, a proporção é muito menor.

que, mesmo se julgados pelo padrão de *Beowulf*, são regulares, embora menos compactos, e o estilo, mais livre e menos erudito. Portanto, seria atropelar as evidências dizer — como Sievers diz — que o autor de *Maldon* (junto com os de *Solomon and Saturn* e dos Salmos metrificados!) "tinha apenas um controle imperfeito das antigas regras". Isso só pode significar que ou ele não sabia direito quais eram as regras, ou que sabia e não conseguiu segui-las em todos os lugares. No caso de *Maldon*, a segunda alternativa é absurda. E a primeira é quase tão absurda quanto. É difícil dizer por que ele não teria sido capaz de aprender as regras que outros antes e depois dele conseguiram (e que as crianças islandesas aprendiam nas fazendas). E é ainda mais difícil explicar a enorme preponderância de versos que seguem as regras — isso só poderia ser explicado se o poema fosse majoritariamente uma fieira de puras reminiscências ou citações de versos antigos: e, em *Maldon*, esse claramente não é o caso.

Devemos presumir uma divergência intencional de prosódia. Esse tipo mais livre, mais solto, como eu disse, talvez tenha sempre existido precisamente como uma forma menos erudita e continuou a existir como uma forma popular, mais rústica, depois da invasão francesa, quando os modos mais formais pereceram, ressurgindo nas muitas variedades do inglês médio. É claro, talvez tenha derivado da aceitação *deliberada*, por parte dos poetas, dos resultados operados pelo tempo e pela mudança linguística no fraseado mais compacto dos períodos anteriores (que era a base do verso mais rígido). Como eu disse, essa ação da mudança não *alterou o metro* — ela deixou o tipo mais antigo intacto, à disposição para o uso se necessário. Mas talvez tenha encorajado o desenvolvimento (*pelos poetas*) de um tipo mais livre e solto, mais fácil de acomodar à sintaxe mais verborrágica e analítica normal da fala corrente e, portanto, conveniente para composições rápidas e menos eruditas. Donde *mid prasse bestodon* em vez de *prasse* 68b; *hafaste ealle gemanode* em vez de *ealle gemanodest* 201b etc. Mas esses grupos estendidos de palavra sempre existiram, é claro: e sempre que um tipo mais livre se desenvolvia, era por intenção artística, e não pela coerção do tempo. Em nórdico — um idioma que não alterou a brevidade compacta do fraseado antigo na mesma medida ou celeridade do inglês —, encontramos novos metros sendo criados pela seleção e normalização deliberada dos elementos máximos que se encontravam no verso épico mais antigo — a criação do *málaháttr*. E, nos casos intermediários e contestáveis, como o *Atlakviða*, temos, na verdade, um paralelo próximo à versificação de *Maldon*. A ação do tempo *é* vista em *Maldon*: contudo, nos casos em que pode ser claramente detectada, ela não *altera as regras*, mas permite que o padrão seja preenchido com material que, nos estágios anteriores da língua, não teriam se encaixado. Isso é uma coisa bem diferente. Assim, o *g* anterior e posterior haviam divergido e já não eram igualados na aliteração. A gradação do acento em diferentes partes do discurso também estava mudando. A subordinação rígida de um acento a outro imediatamente anterior provavelmente estava abrindo caminho para um acento mais nivelado e, assim, chegamos a *Ælfhere and Máccus* com a aliteração somente em *M*. O verbo finito não é mais subordinado aos substantivos tão generalizadamente, e isso acontece em particular quando precede o sujeito que é evidentemente igual a ele em acento, no mínimo. Portanto, temos *STihte hi Byrhtnoth* 127, 139 (auxiliado pela aliteração cruzada *geHLeop Eoh Ahte HLaford*), 240. Alguns compostos — especialmente os que terminam em *man*, que era muito frequentemente o segundo elemento em tais palavras — são enfraquecidos: *brím-mèn* se torna *brímmen*, e por isso temos *brimmen wodon* 295b, uma variedade que, em *Beowulf*, precisaria de uma aliteração dupla no primeiro hemistíquio e, no segundo, um aliviamento da segunda tônica principal. Mas essas não são violações da regra de acordo com seu propósito e sua razão.

Na poesia europeia, portanto, e na poesia inglesa, podemos ter a um só tempo uma tradição *métrica* e — conectada, mas independente — uma tradição de *poemas*. E isso antes mesmo que a ampla difusão ou à prática de se escrever palavras e formas arcaicas pudesse ser preservada em poemas antigos e perpetuada pelos novos — por conveniência métrica e como uma dicção poética sem razão métrica especial. Assim, pelo menos na Inglaterra, *não* seria possível preservar inteiramente a gramática e a língua do passado — isso, ou coisa parecida, só ocorria quando os poemas eram *escritos* e, assim, deixavam o rastro de uma tradição, mais ou menos. Pois a língua da poesia não era uma espécie à parte, e sua vida estava amarrada ao vernáculo. Essa tradição não seria capaz de preservar *sons* obsoletos. Equações obsoletas (aliteração ou rima), *quando preservadas na escrita*, podem sugerir que uma antiga identificação foi perturbada; mas, sem a escrita, não se preserva nada senão o fato de que há uma incongruência.

Nós encontramos, é claro, em tempos posteriores — especialmente depois de a composição e a leitura da poesia se tornarem generalizadas, e até mesmo sua composição com auxílio da escrita se tornar comum —, colocações ou equivalências antigas, tais como *rimas* que são mantidas mesmo que na pronúncia corrente elas já não sigam a regra. Ainda assim, geralmente são preservadas por alguma razão métrica, como a escassez de rimas para palavras úteis como *heaven* e *love*; embora a equivalência na ortografia tradicional possa manter algumas para as quais não há tal desculpa (como *war* e *star*). Mas, mesmo assim, e mesmo hoje, quando a ortografia está tão fortemente arraigada nas nossas mentes, não costumamos declarar poesia antiga "pronunciando errado" *war* quando a encontramos numa rima com *star*, e nem *broad* para ficar igual a *road*. E não o poderíamos fazer se não tivéssemos uma ortografia padrão — no mínimo, não saberíamos, em um par incompatível, qual dos dois sons alterar.[*]

---

[*] A preservação de formas passadas deve ser diferenciada do uso poético de variantes *dialetais*, que em certas condições podem estar disponíveis a um poeta — na forma de variantes reais, retiradas da língua corrente; assim como *again* rimando com *men* ou *rain*. É claro que, com o passar do tempo, um desses dialetos pode deixar de ser corrente e as formas derivadas dele, encerradas na poesia, tornarem-se parte de uma dicção poética.

Por si só, a "tradição" também é impotente para forçar o uso de formas arcaicas ou poéticas em todos os casos em detrimento dos equivalentes correntes. Em geral, ela só consegue preservá-las como opcionais. Se certas palavras como *heapu* só são encontradas em inglês antigo numa forma "poética" (originalmente dialetal), é porque elas não tinham equivalentes correntes no idioma das pessoas que fizeram nossas cópias. Se hoje em dia sentimos alguma hesitação ao mesclar *thou* e *you*, ou *-eth* e *-s* como em *sitteth* ou *sits*, é devido a um conhecimento livresco real do passado e ao ensino da gramática. Na tradição oral, não há defesa contra novas formas que venham a obedecer às regras. Somente a ortografia nos protege (se é que isso é proteção) contra rimas do tipo *sword*/*fraud*; e mesmo nossa ortografia hesita apenas quanto às consoantes,[*] estando por demais acostumada com a discrepância em sons vocálicos para fazer objeção a *heart*/*part* ou *warm*/*storm*. De fato, "arcaísmos" preservados pela tradição, que afetam puramente os *sons*, e não o vocabulário ou a gramática, são raros e de pouca monta. Para verdadeiros leitores ou ouvintes de poesia, ou para os versejadores que ainda os usam, não são "arcaísmos", mas partes do uso poético ou da dicção poética — "licenças": defeitos permitidos pela convenção, nada diferentes de "licenças" reais, tais como as rimas imprecisas para *home* e *love*, que se justificam majoritariamente pela mera escassez de boas rimas para essas palavras tão desejáveis. Essas licenças ou são *toleradas como incongruências*, ou se transformam no ponto de partida da inovação técnica: isto é, a alteração das regras para que sejam admitidas. Elas não

---

[*] E nem todas elas: pois perdeu-se uma consoante em *night* tanto quanto em *heart*, mas antes; e os poetas de uma época menos pedante já rimavam *night* com *white* e coisas assim com frequência demais para serem alvo de objeção dos amantes da ortografia. Além disso, a consoante que falta tinha sumido completamente. Não temos mais (X), e mesmo a ortografia não consegue preservar na memória de todos os sons que, na fala normal, já sumiram.

preservam os ruídos de dias passados.* Não são capazes. Mesmo se pronunciarmos *war* de modo a retificar uma rima com *far*, *star*, ainda assim não recobraremos os sons verdadeiros de *war*, *star* na época em que elas de fato rimavam, pois tais sons não existem mais em inglês. Seria divertido se pudéssemos trazer de volta um homem do final do século décimo e fazê-lo ler uns trechos de *Beowulf* em voz alta. No primeiro verso, e mais ainda quando chegasse ao verso 151, *gyddum geomore, þætte Grendel wan*, sua própria pronúncia destruiria a aliteração. Ele mesmo não comporia mais versos como aqueles. Mas a ausência de aliteração seria perturbadora. E elas aliterariam visualmente. Agora temos razões o bastante para supor que havia algum tipo de leitura de poemas em voz alta a partir do livro, pelo menos no período mais tardio; de outra forma, os livros dificilmente teriam sido feitos. E os *Saxonica poemata* que o jovem Alfred aprendeu a ler certamente não eram todos (se é que algum era) produções contemporâneas ao saxão ocidental.†
Será que existia algum saber que ensinava aos leitores como proceder? Duvido. É claro que, quando o *g* posterior deixou de ser fricativo no início da palavra, a fricativa em si não sumiu da língua. Era frequente em posição medial — um paralelo contrário à nossa manutenção do *r* inicial e sua queda diante de consoantes mediais. E geralmente podemos reintroduzir o *r* nos lugares em que se perdeu (embora seja surpreendente a dificuldade que até mesmo um exercício fonético relativamente simples como esse apresenta para os que não têm prática

---

* Assim como *wind*, pronunciado de forma a rimar com *dined*. Isso pode ter derivado historicamente de uma pronúncia normal mais antiga na qual essa palavra se desenvolveu, como *find*, *bind*, *blind* etc. Mas sua preservação se deve à escassez de rimas com *ĭnd* (um produto da linguística histórica) que, à exceção de *wind*, encontra-se somente em palavras estrangeiras ou contrações bem recentes: como *sinned*, *pinned*. E, mesmo aqui, apoia-se no fato ortográfico que *ind* geralmente representa (aind). A pronúncia poética é raramente usada, a não ser por força da rima.
† Mas Alfred não teria nenhuma dificuldade quanto ao *g*. Os dois tipos de *g* ainda aliteravam quando ele era vivo.

ou consciência acerca da produção de sons). Mas, em geral, nosso método natural em tais casos de falsa equação é fazer com que um dos elementos fique igual ao outro (em nossa fonologia corrente), caso tentemos retificar as coisas. Como eu disse, era muito mais urgente retificar uma aliteração. Então, imagino que, no século décimo, *Beowulf* era lido de tal forma que uma ou outra pronúncia corrente de *g* fosse sustentada ao longo do verso. Provavelmente a que aparecia primeiro, a menos que uma palavra ainda fosse familiar e a outra, já ultrapassada; ou se houvesse alguma dificuldade fonética. Imagino, portanto, que *Beowulf* v. 1 recebesse um *g* oclusivo em *geardagum*; ao passo que o v. 151 recebia um *g* oclusivo em *gyddum* (a ausência de fonema aliterante em *geomore* não importaria), porque uma fricativa (anterior) seria difícil em *Grendel*. Mas isso seria bem artificial — o produto fortuito de uma preservação especial da antiguidade por meio de letras — e sem relação alguma com a tradição normal. Seria considerado excêntrico, até mesmo canhestro ou desagradável, e não seria imitado na própria escrita, assim como são, atualmente, algumas das rimas estranhas e dos "exóticos" *-es* finais de Chaucer — a não ser por brincadeira ou um exercício de inventividade.

Agora consideraremos em detalhe, devido à sua importância numa investigação acerca da tradição poética em inglês antigo, as "irregularidades" da prosódia de *Maldon*. Darei mais atenção à *aliteração*, pois, neste ponto, *Maldon* é de especial interesse, e a ele podemos aplicar com alguma segurança os princípios da argumentação anterior: que o "metro" independe de mudanças fonéticas (embora possa ser afetado por elas com consentimento dos poetas); e que a *fonética corrente* — e não uma tradição impossível de sons perdidos, nem uma tradição ortográfica — se reflete na prática poética, sobretudo em um poema num modo livre, "popular" e não erudito.

Estamos lidando, ainda assim, com um *documento*. Por menos erudito que o poema original possa ter sido quando composto, o fragmento sobrevivente dele só chegou até nós porque foi escrito e depois copiado. Portanto, desde que deixou a mente e os lábios do autor, *Maldon* foi exposto aos mesmos perigos que outras obras escritas e versos mais eruditos. Ainda que, com certeza, tenha tido uma linhagem bem mais curta do que muitos deles. Que as corrupções comprovadas em *Brunanburh* — do qual temos várias cópias —, que também devem ter surgido em um espaço relativamente curto de tempo, nos sirva de aviso de que não se pode esperar que essa linhagem curta tenha protegido *Maldon* inteiramente. É evidente que não protegeu. Além do mais, neste caso o manuscrito em si foi perdido e só temos um impresso feito a partir de uma cópia no século XVIII — um percurso que aumenta muito as chances de erros e desarranjos verbais afetarem o metro. Por ora, não há necessidade de ir além da omissão de *grimme* no início do v. 109, ou da ausência do segundo hemistíquio no v. 172, para ver que nem tudo está intacto. Assim mesmo, trataremos dessa questão da corrupção de maneira conservadora. Quase todas as "irregularidades" podem ser facilmente emendadas; mas algumas *não* podem, e isso deve nos dar um motivo preliminar para reflexão.

A questão da corrupção introduz um ponto sobre a "tradição" que ainda não foi considerado. Até agora, presumimos o poder da tradição oral em transmitir a poesia intacta, exceto pela mudança *fonética* não observada em palavras reais — talvez com algumas alterações eventuais, mas deliberadas, para retificar algum prejuízo ao metro que a alteração fonética possa ter causado. Mas, embora esse simples processo possa acontecer em circunstâncias favoráveis, o mecanismo nem sempre funciona tão bem.

Como *Maldon*, por exemplo, acabou chegando a uma forma escrita? Talvez tenha vindo diretamente do autor. Talvez algum erudito, reverenciando a memória de Byrhtnoth, tenha ouvido o poema, ou ouvido falar do poema, celebrando sua última batalha e, conhecendo seu autor, esforçou-se para escrevê-lo. Mas é mais provável que ele já tivesse começado a circular e passado por várias bocas até que isso aconteceu. Ora, uma tradição oral desse tipo, mesmo quando circula por apenas alguns anos (especialmente quando trata de matéria "atual" assim) não é apenas menos respeitosa com os detalhes verbais do que a tradição escrita, e muito menos que a editorial: ela é verdadeiramente incapaz de ser uniformemente fiel — exceto em casos especiais em que esforços especiais são feitos (tais como poemas litúrgicos ou sagrados). Ela é propensa ao erro. Mesmo num período em que as memórias, devido à prática, são absorventes e retentivas, os recitadores, mesmo que sejam eles próprios versificadores e conhecedores das regras, sofrem com lapsos menores de memória, e momentos de desatenção quanto à forma — quando o *sentido* sobrevive, mais do que a *expressão* exata. Essa é a experiência comum a todos os que tentam aprender e recitar poesia. É precisamente nessas *lacunas* que com maior probabilidade ocorrem as *substituições por sinônimos*, leves *desarranjos de palavras* e o *remendo* apressado do sentido em um verso que seja pouco métrico ou que esteja em um modo métrico diferente. Eles se destacam da textura principal e, assim, saltam aos olhos ou aos ouvidos do investigador mais recente cuja atenção esteja primariamente concentrada no metro. Mas é necessário que ele pondere cuidadosamente qual é a *proporção* de versos realmente "ruins" — avaliando-os pelo nível geral — e até que ponto eles trazem por si só alguma *dificuldade real* para um poeta cuja capacidade se revela pelo poema como um todo. Por exemplo, nomes estranhos; tradução (como por exemplo *in hoc signo vinces*, que dá um certo trabalho para Cynewulf em *Elene*); a necessidade de se manter bem colado às palavras ao reportar um discurso (ao que se junta a dificuldade geral da *oratio recta* e do diálogo na poesia, em especial a poesia aliterante), e assim por diante.

Se esses versos "ruins" em um texto mais longo forem bem poucos,[*] proporcionalmente, e se forem todos versos que não apresentam obstáculos inerentes (do tipo que poderia, por exemplo, ser facilmente remediado substituindo-se por um

---

[*] Uma vez descontados os erros palpáveis que podemos atribuir à *hubris* ou a propensões dos escribas.

sinônimo ou reorganizando levemente as palavras), é uma suposição apropriada para o *historiador métrico*, se não para o crítico textual, que nesse pequeno resíduo se veem os resultados das imperfeições de *repetição*. Há 325 versos em *Maldon*. Alguns deles, conforme chegaram até nós, definitivamente quebram regras essenciais — regras que o poema normalmente obedece: a saber 45, 75, 224, 271, 288. Dessa pequena quantidade,* o 75 provavelmente deve ser descontado (veja adiante). Isso nos deixa com *quatro* versos em que a razão ou a natureza da corrupção (se é que há) não é óbvia segundo os princípios editoriais comuns — que são, para o propósito de um editor, "genuínos". Mas eu me sentiria inclinado a atribuir precisamente esses quatro à repetição imperfeita; e suspeito que o 271 não seja nem sequer do autor original (mais sobre isso adiante). Nenhum deles apresenta qualquer dificuldade inerente. 45, 224, 288 podem ser facilmente emendados ou corrigidos com palavras que o autor conhecia.

Eu atribuí a imperfeição à *repetição* e não à *composição* porque, segundo os princípios já discutidos, essas imperfeições só poderiam ter surgido no ato de compor se fosse por um homem menos habilidoso do que esse autor, ou por alguém em circunstâncias peculiares: isto é, ao *improvisar*. Ora, a *improvisação* produz exatamente os mesmos defeitos que aparecem nos "maus remendos" da *repetição*. Só que acontecerão com mais frequência, a menos que seja com uma pessoa muito habilidosa e experiente na arte de amarrar meios-versos convencionais. Os defeitos são os mesmos porque o processo é este: eles ocorrem quando o sentido exigido está na mente, mas a sua expressão métrica não está, e a mente não é ágil o bastante para encontrar palavras que caibam no metro no curto espaço de tempo permitido pela recitação. Mas *Maldon não* é um poema

---

* Deixo de lado os claramente defeituosos vv. 1, 109, 172, 183; e também 29, 32, 192 em que, como veremos, a violação das regras é apenas aparente, apesar dos óbelos editoriais.

improvisado. Ele é, ou era, muito longo. Sua linguagem é tradicional e faz bom uso de "fórmulas prontas", mas claramente não é só uma sequência delas. Compare 975, *Death of Eadgar*: *7 þa wearð eac adræfed, deormod hæleð / Oslac of earde ofer yða gewealc / ofer ganotes bæð, gamolfeax hæleð / wis 7 wordsnotor, ofer wætera geðring / ofer hwæles eðel, hama bereafod.* Isso está no metro rígido, mas mostra o tipo de coisa que um improvisador com qualquer conhecimento da poesia tradicional poderia seguir fazendo até perder o fôlego, e sem uma única violação da regra. Eu mesmo conseguiria fazer.

A improvisação era, evidentemente, praticada. Era um dos modos pelos quais se aprendia o ofício e se demonstrava habilidade nele. Ouvimos falar dela sempre que a composição de poesia vernácula era um feito estimado por muitos e popular, como na Islândia. Mas, embora algumas estrofes metricamente intrincadas sejam (em textos literários) atribuídas à fala improvisada, até mesmo a um repente, devemos descontar os retoques, a invenção literária e o exagero quanto à velocidade de composição. E, de toda forma, devemos imaginar que, na verdade, os versos improvisados, compostos em algo semelhante a um metro difícil, limitavam-se a pessoas muito especiais, em ocasiões ainda mais especiais e em *estrofes curtas*. Não era o método normal de composição, mesmo quando celebravam acontecimentos muito recentes. Cædmon não era um infeliz por não conseguir cantar de pronto em tal hora ou lugar, sem ter pensado em nada de antemão, assim que lhe passavam a harpa.[*] Mas, no silêncio do estábulo, ele não se ocupava de inventar nada para ocasiões posteriores. Assim como hoje em dia, a poesia era naturalmente composta nos momentos de privacidade, nas vigílias noturnas, e exibida depois, no simpósio. Temos muitas referências a esse método natural: não apenas no

---

[*] Mesmo depois de ser inspirado. Sua composição "improvisada", conforme o relato, tem *nove* versos; seus trabalhos posteriores exigem reflexão. Ele estudou a matéria e produziu poesia depois de "ruminar", como nos conta Beda.

caso de Cynewulf, o poeta refinado (ainda que insosso), que diz "Por vezes ponderei e arranjei meu pensamento ansiosamente à noite" (*Elene* 1239 ss.); mas também no caso de um compositor de um lai popular como *Havelok*, cujo autor pede orações para *him that haveth þe ryme maked / and þerfore fele nihtes waked*.* Retornando ao *skáld* Egill: ele diz, fingindo estar com raiva do seu amigo Einarr Skalaglamm, outro poeta, a quem acusa de querer arrancar-lhe um poema: "Ele acha que vou *ficar a noite toda acordado* por causa disso e fazer versos sobre o seu escudo?" (lxxviii). O próprio Einarr, em uma estrofe a respeito do seu próprio poema, o famoso *Vellekla*, diz: "Escrevi versos sobre o príncipe *meþan aþrer svofo*" (ibid.).†

O criador de *Maldon* (originalmente com 400 versos [sobrescrito a lápis:] mais provavelmente uns 600), no mínimo, supomos, e possivelmente muito mais longo) não improvisou este poema e, sem dúvida, passou *fele nihtes waked*: pelo menos essa é a conclusão natural a que se chega examinando seu modo, assunto e excelência no geral.

---

* *aquele que fez o poema / e, assim, passou muitas noites em claro.* [N.T.]
† ["Enquanto os outros dormiam". / "Fiz a cerveja de Odin, / Enquanto outros dormiam; para o capitão / Que se assenta sobre a terra, todo ávido / Eu fiz — sinto muito por isso!" (201)]. [N.E.]

Apêndices

I
"PROSÓDIA DO INGLÊS ANTIGO"

[Em "A Tradição da Versificação em Inglês Antigo", Tolkien faz menção à crença de que, "para os antigos poetas, o *metro* era uma receita independente do pudim". O excerto abaixo, retirado de "Prosódia do Inglês Antigo" (*MS. Tolkien A 30/2*, ff. 6–20), expande essa metáfora culinária, fornecendo uma "receita" para a prática do verso aliterante, receita que, sem dúvida, serviu para que Tolkien compusesse novos trabalhos como *O Regresso*. O texto está numerado de 1 a 29, e data do início dos anos 30; a primeira de uma série de palestras sobre a Prosódia do Inglês Antigo foi ministrada nas Examination Schools em Oxford em 13 de outubro de 1932.]

A intenção desta análise é ser primariamente *prática*. As querelas dos metricistas, mais notórias que as dos teólogos, devem-se em grande medida à incapacidade de distinguir claramente uma teoria elaborada de ritmos de uma análise do *conteúdo* dos versos — dois versos no mesmo metro nunca são, é claro, exatamente idênticos desse ponto de vista — e nem, por outro lado, distingui-la de uma *receita*, um padrão ou esquema à disposição dos poetas, um molde no qual poderiam despejar, conforme a habilidade e o gosto, a matéria infinitamente variada de palavras.

É a *receita* que nós queremos, especialmente em inglês antigo, para o qual ela é uma ferramenta crítica essencial e muitíssimo valiosa. É a *receita* que deve existir, explícita ou inconsciente, tanto na mente do poeta quanto do público (ou do estudante) para que a habilidade ou a performance métrica seja apreciada de modo mais racional do que, digamos, o vago prazer que sentem, ao ouvir música, aqueles que ignoram a técnica musical. É a *receita* que deve existir para que um poeta de fato escreva versos passíveis de qualquer análise esquemática. O fato de que se pode facilmente submeter a poesia em inglês antigo a tal análise basta para provar — mesmo se as tradições nórdicas não existissem para nos apoiar — que uma receita assim existiu certa vez, mais ou menos explícita e ensinável, ainda que toda a tradição e a instrução quanto a esses assuntos (que muito provavelmente jamais foi escrita) tenha perecido sem deixar rastros na Inglaterra.

Não se prova o pudim apenas ao comê-lo, mas também ao fazê-lo ou, de toda forma, ao reproduzi-lo. Somente uma *receita correta* — ainda que expressa em palavras ou maneiras bem diferentes daquelas do cozinheiro original, e talvez até mesmo ininteligíveis para ele — produzirá o mesmo pudim de novo. Somente usando uma receita baseada na análise de Sievers — talvez com algumas modificações, mas sem alterações fundamentais — é que a poesia em inglês antigo pode ser *escrita*: quero dizer com isso que qualquer pessoa que domine o idioma da poesia em inglês antigo pode escrever coisas novas que não sejam uma sucessão de meios-versos já disponíveis nos nossos registros (isso poderia ser feito sem qualquer conhecimento ou teoria métrica!), e que não apenas contenham *alguns* versos em um padrão atestado, mas também que não contenham *nenhum verso* em um padrão que *não* é atestado.

É o bastante para mostrar que, seja lá como era expressa ou inculcada, a *receita* dos poetas no período clássico (digamos o século oitavo) era a mesma que expressamos na nossa análise, do nosso próprio modo canhestro.

Portanto, tentaremos a nossa *receita*. Não vamos nos aborrecer quando gritarem que isso é *"artificial"*. É claro que é! A poesia é. A língua é enormemente complexa e variada. É impossível encontrar dois grupos de palavras que sejam exatamente iguais de todos os pontos de vista que venham a ter importância métrica (todos pontos de vista fonéticos, pois a "métrica" pode levar em conta todos os aspectos da análise fonética — duração, acento, entonação, estruturas vocálica e consonantal e suas sequências etc. — ou se contentar em selecionar alguns e deixar o restante a gosto). Mas a "prosódia" — o planejamento poético — não consiste em analisar as complexidades da língua, mas em criar um padrão agradável (mais ou menos ajustado às tendências da língua, sem dúvida) e ajustar as palavras a ele. É essa interação entre a fluidez e a variabilidade da língua, e a relativa rigidez do padrão, consciente e controlado, que constitui a um só tempo o talento e o prazer de se escrever e de se ouvir poesia.

Algumas *receitas* são extremamente simples. Isso não quer dizer que a poesia escrita com elas seja necessariamente simples ou monótona. Significa que, dentre as complexidades da estrutura fonética do veículo, o padrão consciente e deliberado escolheu dar atenção para apenas algumas características, ou até mesmo a um único fato saliente. Nesses casos, a prática de um poeta dificilmente pode ser depreendida por completo da simples receita. Diferentes pudins podem ser feitos a partir de ovos, farinha, manteiga e açúcar, seguindo-se diferentes *receitas* (e por diferentes cozinheiros). Nesses casos, contentamo-nos em dizer que isto e aquilo é o "metro", se soubermos, por alguma razão ou outra, que tal padrão simples era tudo o que o poeta usou conscientemente e que outras partes importantes de sua prática se devem a processos menos conscientes, aos quais damos o nome de "ouvido", ou "sensibilidade", ou instinto. [...]

A receita em inglês antigo, contudo, não é das mais simples, pois seu esquema levava em consideração quase todos os fatos fonéticos da língua e os amarrava de modo intrincado. Somente a estrutura vocálica (rima) eles deixavam "sem consideração" — como parte do esquema — e era passada ao "cozinheiro" como um condimento a ser empregado de acordo com a necessidade e o gosto.* A receita do inglês antigo incluía o *comprimento da sílaba* (duração), *acento* (altura) — do qual três graus pelo menos eram distinguidos conscientemente: primário, subordinado, atônico —, alternância no padrão rítmico nas sílabas dos versos e a *aliteração* nos sons de ataque (de sílabas tônicas).

Esses elementos não eram isolados, mas indissoluvelmente conectados — o *acento* e o *comprimento* só eram considerados *juntos*, e a aliteração era introduzida em conexão com ambos, às vezes ditada por eles, às vezes colorindo as palavras e determinando o ritmo, por assim dizer, em casos duvidosos. Essa função da aliteração é importantíssima e é frequentemente negligenciada por críticos que percebem as interligações dos nossos tipos artificialmente isolados. Mas, para falar a verdade, enormes quantidades de meios-versos em inglês antigo são suscetíveis a análises variadas caso a *aliteração* seja desconhecida. Nos lugares em que o verso inteiro está disposto e a aliteração é conhecida, só em casos raros há dúvida — salvo apenas quanto à nomenclatura.

Então, não devemos esperar uma *receita simples*. Mas uma coisa deve ser observada: a prática do poeta era solidamente fundada nos fatos da *fala* natural, ainda que formal e cerimoniosa. Nela encontrava-se um guia infalível no período clássico. Foi somente depois, quando as fórmulas estabelecidas e os versos dos antigos poetas se tornaram uma convenção em desacordo com os fatos da fala é que se instaurou a confusão e a inconsistência [...].

---

* É claro que isso não significa que os poetas em inglês antigo desconsideravam a estrutura vocálica mais do que Milton o fazia, apesar de suas observações sobre a rima. A aliteração é um fator poderosíssimo na poesia não aliterante. O efeito de *"opening on the foam / of perilous seas in faery lands forlorn"* ("Ode to a Nightingale", de Keats) deve-se mais a um padrão que lembra as leis galesas do cynghanedd, mas menos esquemático. Da mesma forma, os padrões vocálicos desempenham um papel importante em *Beowulf*. Há muitos casos obviamente "ecoicos": *streamas wundon / sund wið sande* (212–13): bramido das ondas; *mærne þeoden / hæleð hiofende, hlaford leofne* (3141–2) — *lamentação*.

Pois ainda que o emprego deliberado do ritmo possa ser observado claramente em *Beowulf*, e as alterações no ritmo para diferentes propósitos, isso não faz parte da "receita", sendo um ornamento, uma cor, ou "condimento" especialmente empregado pelo poeta [...].

A poesia anglo-saxônica é inteiramente construída por blocos contrabalançados, e um padrão rítmico em comum *não* era alcançado, e nem objetivado. Chamarei esse princípio fundamental de *peso*: é o comprimento da sílaba, mas não como se mede em uma máquina [...] e sim apreciado pelo *ouvido* e pela mente, facilmente influenciado por elementos simultâneos, como um *tom agudo*, a *altura*, a importância *real* em significação (para o sentido) e a importância *sugerida* (a importância aparente atribuída às palavras pela forma, posição no verso, rima, aliteração etc. É uma tentativa constante do inglês antigo fazer coincidir a importância real e aparente, mas isso, é claro, não é sempre possível em um idioma tão traiçoeiro). O *peso* de um elemento poético é, na verdade, constituído em grande parte pela *duração de tempo*, mas colorido pela *altura* (acento) e *significação*. A poesia anglo-saxônica é construída como uma muralha, ou torre, de pedaços sólidos com o peso mais ou menos igual, independentes, mas cimentados pela *aliteração*, empilhados camada sobre camada, ou verso sobre verso. A base é a sílaba pesada e sua contraparte habitual, a sílaba leve: essa é a base verdadeira da língua. A forma mais simples de receita para um *único verso*, então, é esta:

> 2 blocos (bem independentes metricamente), cada qual consistindo em 2 elementos plenos, ou "pés". Um pé é uma sílaba *pesada* — uma sílaba longa e tônica (alta, significante) — e uma sílaba *leve* concomitante — breve e átona (baixa, insignificante). O cimento é oriundo da regra de que a *primeira* sílaba *pesada* de cada bloco *deve* começar com o mesmo som consonantal — que chamaremos, seguindo o costume tomado dos nórdicos, de *staves*.

II

A TRADIÇÃO DA VERSIFICAÇÃO EM INGLÊS ANTIGO [CONTINUAÇÃO]*

Tratarei primeiro de certos versos em que a corrupção é indubitável, quer sua emenda seja óbvia, quer não. Em primeiro lugar, o v. 1 é defeituoso porque o manuscrito está *capite mutilus*.†
No v. 109, a palavra *grimme* é omitida no início (por haplografia, devido à semelhança com *grundene*). A segunda metade do v. 172 está faltando devido a algum acidente (provavelmente do escriba).

Outros versos contestáveis podem ser examinados agora.

(a) Provavelmente ou certamente corrompidos

1. 75: *wigan wigheardne, se wæs haten Wulfstan*. Esse é um caso em que o fonema dominante da aliteração‡ está fora do lugar.

---

* [Para uma descrição deste texto, veja a nota introdutória da Parte Três neste volume.]
† [O início do poema, como Tolkien observa em "A Morte de Beorhtnoth", se perdeu.]
‡ No original *head-stave*. *Staves*, como observa Tolkien no final da sua "receita", são os fonemas de um mesmo verso que aliteram. O *head-stave* é o fonema dominante, aquele que determina qual será a aliteração do verso: é tipicamente o fonema da *primeira* sílaba tônica no *segundo* hemistíquio. Ver adiante o item (c). [N.T.]

Há *dois* outros casos aparentes dessa falta um tanto grave: 45 e 288. Mas, seja lá o que se pense desses outros dois, é difícil acreditar que o 75 tenha sido registrado exatamente como o autor o compôs. Seu defeito é remediado muito facilmente, e a corrupção é de um tipo muito banal e frequente. O autor provavelmente disse: *Wulfstan haten*, que ainda era uma maneira corrente de se expressar, e assim permaneceu até muito depois. Nesse caso, temos em nosso texto uma substituição por um equivalente mais verborrágico e mais prosaico. Mas, de toda forma, a ordem atestada está provavelmente incorreta (talvez devido à transcrição): a ordem mais natural, mesmo usando o pronome relativo, é *se Wulfstan wæs haten*. Compare: *An preost wes on leoden; Laȝamon wes ihoten, he wes Leouenaðes sone* [*Brut*, de Layamon].

2. 7: *he let him þa of handon leofne fleogan*. É defeituoso pois coloca a aliteração na palavra mais fraca (*let*) somente no primeiro hemistíquio. *No falar real* da linguagem mais antiga, os verbos finitos eram normalmente subordinados aos substantivos concomitantes; e esse fato era, por conseguinte, admitido na versificação. *Não* era uma regra métrica. A regra métrica é que, dos dois "lifts" em um meio-verso,[*] o mais alto e mais audível *deve* carregar a aliteração (e o outro pode se juntar a ele). Obedecia-se à regra quando a palavra mais enfática aliterava de fato — a classe gramatical podia variar em diferentes línguas ou épocas, *sem que se violasse a regra métrica*. É provável, tanto pela aliteração em poemas posteriores quanto pelo desenvolvimento linguístico, que a subordinação de verbos finitos tenha se tornado cada vez menos marcada em inglês, como regra geral. Assim, encontramos verbos, em vez de substantivos, que carregam a aliteração em

---

[*] Em "On Translating *Beowulf*" (*Monsters and the Critics*, pp. 61–2), Tolkien explica o que são *lifts* e *dips* na poesia em inglês antigo: os *lifts* são os elementos *fortes* em um verso, por padrão uma sílaba *longa* e tônica. Os *dips*, mencionados adiante, são os elementos *fracos*: uma sílaba *átona* (longa ou breve). [N.T.]

muitos versos de *Maldon*. Trataremos desses depois. Mas, neste verso, temos uma forma e um uso verbais que são especialmente fracos. Um pretérito desse tipo — especialmente se usado de forma "auxiliar", antes de um infinitivo regido — frequentemente era um mero "dip" na poesia mais antiga, indicando que a pronúncia era em tom bem baixo. Ademais, nesse uso, *letan* era demonstravelmente fraco pelo desenvolvimento de formas com a *vogal temática reduzida* em inglês médio (e outras línguas). Portanto, devemos considerar o verso 7 como defeituoso. Mas é no mínimo provável que a palavra comum e prosaica *handon* entrou no lugar do equivalente poético *folman*. Um processo semelhante é observado muitas vezes em *Beowulf*, por exemplo 965 (*mundgripe* no lugar de *handgripe* do manuscrito, demonstrado pela aliteração dominante em M.). Sugere-se, ademais, que foi isso o que aconteceu aqui pelos vv. 108–9: *Hi leton þa of folman feolhearde speru*; e 150 *fleogan of folman*. A aliteração cruzada resultante, de acordo com a técnica de *Maldon*, bastaria para corrigir o fato de que o fonema dominante ainda recaía em uma sílaba fraca. Compare *he gehleop þone eoh þe ahte his hlaford* 189, que é um paralelo inverso. A aliteração cruzada é definitivamente uma característica de *Maldon*. Ocorrências claras de sua forma normal (*abab*) são 24, 63, 68, 98, 170, 255, 256, 320, e provavelmente 285; da forma *abba*, 159, 167, 189, 289. Casos mais fugidios de eco aliterante são 34, 75, 130, 151, 197, 262, 318.[*]

---

[*] A terminação *um* do dativo (plural ou singular) ocorre 39 vezes escrita corretamente em *Maldon*, incluindo *handum* em suas duas outras ocorrências (4, 14). Mas *handon*, mesmo que a alteração tenha ocorrido depois de o poema ser escrito, não corrobora muito a correção para *folman*, visto que um caso claro de dat. pl. com *on* ocorre em *mid leodon* 23 (além do 50). *on* também ocorre em *hwilon*, num uso adverbial reduzido em 271; e em 306, e depois de *on*, em *on Denon* 129, 218, 266. Sete vezes ao todo. Esses últimos casos, ainda que o surgimento de *on* seja favorecido por um contexto ortográfico, claramente indicam uma mutação fonética normalmente desconsiderada na ortografia. Trata-se de uma mutação de *um > on* (*o* no lugar de *u* é consequência

3. Também é difícil de acreditar que, no v. 224 — *he wæs ægþer min mæg and min hlaford* —, temos precisamente o que foi composto. O primeiro hemistíquio é passável; o segundo ou precisa receber uma tônica em *min*, o que é manifestamente contrário à ênfase natural e à oposição aqui entre *mæg* e *hlaford*, ou então nenhum deles está em conformidade na escansão ou na aliteração. Mas deve-se admitir que, embora (num poema competente, de forma geral) corrupções em um verso assim sejam altamente prováveis — em particular porque ainda é tão fácil expressar o exato sentido desejado dentro do metro e idiomaticamente que um falante nativo de anglo-saxão mal deve ter hesitado com a métrica —, uma emenda satisfatória que traga consigo a explicação para a corrupção não é óbvia.*

4. A ausência completa de aliteração em 183 — *Ælfnoð and Wulmær begen lagon* — é geralmente reconhecida como resultado de corrupção. As emendas possíveis† são *bewegen* "mortos", corrompido para *begen* por influência de *begen* no verso anterior, o que por si só torna suspeito o *begen* em 183. Ou a mera omissão de palavras: por exemplo *begen (on wæle) lagon*.

---

da alteração de *m*). O *on* regular do subjuntivo em *Maldon* é uma mutação primariamente gramatical, não fonética, devido à assimilação de *en* para *on*, começando nos verbos pretérito-presentes [*verbos das línguas germânicas que, embora estejam no tempo presente, têm a forma de verbos no pretérito – N.T.*] e modais (donde *sceoldon*, *Maldon* 19, 291, 307, *moston* 83, 263). *en* foi mantido no passado particípio e em palavras como *þeoden*.

* Outro caso de glosa prosaica é concebível: por exemplo (*min*) *hlaford* substituiu um sinônimo poético começado por *m*, como *mundbora*. Ou o composto *heafod mæg*, equivalente poético de *mæg*, pode estar envolvido; mas isso provavelmente exigiria que também rearranjássemos o verso para *min hlaford and min heafod mæg*. *Mundbora* ocorre nas Crônicas poéticas do século décimo, especialmente associado a *Myrcna*.

† O ponto fraco dessa atraente emenda é que *bewegen* só ocorre em dois outros lugares, ambos em verso e ambos com o sentido de "cobrir". Visto que *forwegen*, "morto" ocorre mesmo em *Maldon* 228, seria provavelmente melhor usar essa palavra: nas circunstâncias especiais da passagem, seria quase igualmente provável ser corrompida para *begen*.

(b) Aliteração com palavras "fracas"

Permanecem alguns outros versos em que a aliteração pode ser considerada imperfeita. A aliteração recaindo em um verbo em detrimento de um substantivo já foi mencionada. Casos que provavelmente são perfeitamente genuínos são os aludidos acima: 128 *Hogode to wige* (contraste *Yfeles hogode* 133); 242; 127; 240; 189. O último, como observado, é assistido pela aliteração cruzada. Eles não podem ser analisados simplesmente como uma técnica mais livre, mas, na verdade, como estando em conformidade com as regras oriundas do aumento no acento *verbal* — especialmente porque em quatro desses cinco casos o verbo precede seu sujeito. Mas em *wénde pæs formóni man þa he on méare rád* 239, a ênfase em *moni* naturalmente o ergue acima das outras palavras.*

A acentuação ocasional de um verbo é, na verdade, encontrada na poesia mais antiga, e exemplos também se veem nas Crônicas em verso (em metro rígido): por exemplo *pæs þe us Secgað bec* (*Brunanburh*); *beFæste þæt rice* (*E., O Confessor*). 282, *Sibyrhtes broðor and swiðe mænig oþer*, provavelmente tem aliteração o bastante. Assim interpretado,† é passável em termos de escansão de acordo com o sistema de *Maldon*, com tipos alongados, como se discutiu acima. Mas temos aqui, provavelmente, o acessório da rima. Isso será discutido adiante, com referência ao verso 271.

---

* O primeiro hemistíquio desse verso é de um tipo mais livre ou fortuito — mas não viola as regras: a linguagem é coloquial, não formal. *Man* é bem fraco e subordinado; *moni man* é um substituto coloquial para a forma fraca ou pronominal faltante de *monig* e é metricamente equivalente a (/ u). O prefixo *for* — não é realmente um advérbio à parte — no sentido de "muito" ou "demais" (como o latim *per*) é acentuado, às vezes, mas geralmente não. Compare a variação com o prefixo *un-*, e a acentuação variável em nosso "too": *that is* too *many* ou *that is too* many. Demonstra-se, por aliteração ou escansão, que *for* em *forswið, forswiðe* (*Wonders of Creation* 26 e Salmo 84, respectivamente) e *forwel* (Salmo 131) é átono.

† Para o acento em *swiðe*, cf. v. 115.

(c) *Head-stave* mal posicionado

Mais graves são as violações da regra quanto à posição do *head-stave*, o fonema dominante da aliteração, no segundo hemistíquio. Uma regra fundamental da prática antiga (nórdica e inglesa), é a de que o fonema aliterante de um verso é o da primeira sílaba tônica (ou *lift*) do segundo hemistíquio. Ela não é violada na boa poesia, pois é essencial para a estrutura do verso. Desconsiderar essa regra altera completamente seu caráter. Em *Maldon*, contudo, encontramos (além do caso descartado acima, no v. 75):

gehyrst þu, sælida, hwæt þis folc segeð 45
raðe wearð æt hilde Offa forheawen 288

Do ponto de vista editorial, provavelmente deveríamos mantê-los, já que a forma de emendá-los não é óbvia e, para um crítico textual, *Maldon* é primariamente o fragmento que sobreviveu. Mas, para o historiador métrico, podem ser considerados versos corrompidos. São os únicos casos claros em que a primeira tônica no segundo hemistíquio não alitera: e isso é falta grave. Atribuí-los ao competente autor do poema é difícil — a menos que o poema fosse improvisado, e nunca revisado; isso é menos provável do que a corrupção causada pela repetição. Parecem-me casos bastante claros de dano por repetição (se não pelo escriba), de acordo com o processo considerado anteriormente. Pois em ambos os casos não há qualquer dificuldade em expressar o pensamento de acordo com a métrica, até mesmo empregando palavras usadas em outros lugares do fragmento; e menos dificuldade ainda se for usado o material disponível em inglês antigo de forma geral. Um anglo-saxão mal precisaria dispensar um minuto de reflexão para cada verso se lhe pedíssemos para ajeitá-los.

Para o 45, o poeta tinha à disposição *flotan* (72, 227), *lidman* (99, 164), *leode* (23, 50), para não falar de outros sinônimos de *sælida* ou *folc*; ou uma simples reorganização *hwæt segeð þis folc*, a qual, embora não seja tão boa, seria uma ordem natural para ele, suficiente para sua técnica. É claro que, pelos princípios *editoriais* comuns, naturalmente relutamos em substituir uma boa palavra *poética* como *sælida*, visto que se tornou quase uma suposição axiomática (que certamente encontra alguma sustentação em manuscritos da poesia mais antiga) que os escribas, quando substituíam alguma coisa, substituíam por palavras prosaicas. Mas não temos de nos haver somente com escribas.* Aqui, provavelmente temos os *recitadores* contemporâneos do poeta que conheciam *sælida* tão bem quanto ele.

Em 288, não podemos reorganizar bem a sequência. Colocar *Offa* no final retificaria o metro, mas é muito artificial. Se há alguma corrupção, é porque (a) "Offa" esgueirou-se involuntariamente vindo do verso 286, causando um deslocamento e, possivelmente, perda de palavras: algo muito provável na *repetição oral*; ou (b) porque *æt hilde* substituiu algumas outras palavras (como por exemplo depois de *forheawen æt hilde* 223) que não expressavam necessariamente a mesma ideia: novamente, algo muito provável na repetição. No primeiro caso, podemos comparar com 113–5: Se *Wulfmær* tivesse ido parar no verso 115, demovendo *he* 114 e *swiðe* 115, a aliteração teria sido destruída. No segundo caso, podemos supor que alguma palavra para batalha, ou armas, foi alterada; ou que algum outro sentido adequado, começando com uma vogal, foi alterado: por exemplo *mid ecgum* (cf. *ecg* 60 e *mid billum* 114).†

---

* Se a corrupção foi por parte do escriba, então ela provavelmente está em *gehyrst*, ou seja: uma substituição prosaica de *(ge)frigest*, que é uma palavra poética: "Tu perguntas?". A aliteração cruzada resultante seria então um paralelo próximo a 189 e à emenda proposta do verso 7.

† Observe que *raðe* 288 não certifica que a aliteração era em *h*. Tanto *hr* quanto *r* são provados por aliteração na poesia anglo-saxônica, e ambas as formas são etimologicamente distintas. Em *Maldon*, a forma registrada é apenas *raðe*, que ocorre também em 164, no qual não participa da aliteração.

(d) Irregularidades menores na aliteração

O poema que chegou até nós tem vários outros versos com irregularidades menores na aliteração. Os seguintes provavelmente contêm não tanto uma contravenção das regras antigas quanto evidências de uma leve mudança na língua.

Assim: 308 *unwáclìce wæpna neotan* exibe um prefixo *un*- átono, em contraste com, digamos, *únwàclìcne* (*Beowulf* 3138). Mas *un* (originalmente uma forma átona em pré-germânico) tinha uma tendência natural a perder o acento, ou a variá-lo (como ainda acontece). O uso atônico se encontra até mesmo na poesia mais antiga: cf. *unMúrnlìce madmas dælep* (*Beo*. 1756) contrastado com *eteð angenga Únmùrnlìce* 449.

Contudo, 57 é mais incomum: *ùnbefōhtene nu ge þus feor hider*. A aliteração somente no segundo *lift* está em ordem, admitindo-se que o segundo *lift* não seja inferior em ênfase ao primeiro. Tratar *un*, separado ritmicamente por uma sílaba fraca da raiz tônica, como inferior é menos comum. Compare *unforcuð* 51. Mas isso está provavelmente de acordo com a língua real, e deve-se à alteração da subordinação estrita da segunda de duas sílabas tônicas, o que geralmente prevalecia na linguagem mais antiga. Portanto, devem ser considerados de modo semelhante 298 *þurstanes Sunu wið þas Secgas feaht*; e 80 *Ælfere and Maccus Modige twegen*. Ainda que facilmente aperfeiçoados transpondo-se *sunu* e *Maccus*, são provavelmente genuínos. Semelhantes também são 266 *he wæs on Norðhymbron heardes cynnes* e 242 *scyldburh tobrocen abreoðe his angin*. Esse último pode facilmente ser reescrito com uma transposição (ainda que o tipo resultante não seja bom) ou uma substituição pelos sinônimos *bordhaga*, *bordhreoða* (nenhum dos quais, contudo, ocorre em *Maldon*). 266 pode ser aperfeiçoado pela forma *Norðanhymbrum* (nesse caso, seria paralelo a 80, 298). Mas, embora nenhum deles seja estritamente regular de acordo com a língua antiga, são provavelmente genuínos: 266 como testemunha de uma pronúncia real *norþhymbre* (cf. Northumberland); 242 atestando uma ênfase especial em *tobrocen*. Nesse caso, 266a não é do tipo C (o qual, quando genuinamente presente, é naturalmente intolerante à aliteração somente no segundo *lift*), mas do tipo A, com um *lift* suave e até mesmo aliteração em *he*. O *b* de *burh* ajuda a suavizar 242.[*]

(e) Rima

271 não tem nenhuma aliteração: *æfre embe stunde he sealde sume wunde*; *st* e *s* não aliteram. O verso também é notável por ter uma rima — que, portanto, aparece pela primeira vez em um poema no geral competente de verso aliterante, como substituta para a aliteração, e não como mero ornamento. A rima como adorno, tanto dos tipos *aðalhending* quanto *skothending*, encontra-se em toda a poesia em inglês antigo, seja dentro do hemistíquio nos ecos como em *Maldon* 110 (*bord ord onfeng*); ou no final dos hemistíquios, como em *Byrhtnoð mapelode bord hafenode* 42 (e, similarmente, em 309);[†] ou em arranjos mais complexos e intencionais (mas extramétricos), como em *streamas wundon / sund wið sande* (*Beo.* 212–213). No v. 282, temos um caso em que a rima é quase vitoriosa.[‡]

Mas não acredito que o v. 271 provenha mesmo do autor. Ele é isolado e destacável (e débil no efeito). Parece-me que escorregou de um estilo diferente — o de textos mais populares para recitação, ou "*gieddas*" [canções, lais] semimetrificadas que

---

[*] A aliteração do segundo *lift* desconsiderando um adjetivo antecedente também se vê em *ealra þæra Wynna* 174; e *þæt þu minum gaste* 176. Mas estes têm paralelo na poesia mais antiga, e *min*, *þin* eram tratados de formas variadas.

[†] Cf. também *eorl to þam ceorle* 132. Compare *ceorlum 7 eorlum* no Menológio (Abingdon Chronicle, l. 31).

[‡] O único paralelo que consigo apontar de uma rima usurpando a função da aliteração é um bem remoto. O tipo de meio-verso em inglês antigo que consiste em *três* palavras acentuadas (normalmente organizadas nos tipos D ou E) é comum. Há 70 exemplos em *Beowulf* no primeiro hemistíquio, e em todos os casos há *dupla* aliteração, salvo apenas no 1422, *flod blode weol*, no qual a rima é claramente usada para o mesmo propósito: aliviar o peso. Cf. *flod blod gewod* (*Êxodo* 463). Um exemplo tardio de rima com aliteração está no ano 1067 da Crônica Anglo-Saxã, a respeito de Margaret (versos de escansão irregular, mas todos aliterantes): *mid lichomlicre heortan on þisan life sceortan*.

provavelmente circulavam, ainda que tenhamos escasso registro delas em inglês antigo. No que restou — os trechos em *giedd* na Crônica, que, embora sejam tratados pelos escribas como distintos da "prosa" narrativa, não estão em verso aliterante e, em alguns casos, são marcados apenas por um estilo antitético de grupos frasais semelhante ao da poesia* — é notável que o agrupamento por rima seja especialmente frequente com *sume*. Como no ano 1036 (manuscritos C e D), Ælfred Æþeling: *sume hi man wið feo sealde, sume hreowlice acwealde* etc.

Mas, é claro, a rima — que desde tempos imemoriais ligava palavras como *ceorl* e *eorl*, tanto quanto a aliteração ligava outras como *þeoden* e *þegn*, e que provocava os ouvidos dos poetas, mesmo se não houvesse o exemplo dos hinos da igreja e do latim tardio conhecido dos eruditos — não pode ser excluída do conhecimento do autor de *Maldon*. É mesmo uma questão de estilo e adequação: e, quanto a esses, nós talvez não sejamos agora os melhores juízes. Já não é mais, no vernáculo, uma novidade que poderia induzir mesmo um poeta aliterante competente a um erro de discernimento, pelo prazer de exibir um som diferente. Em tudo o que se disse até agora não se nega o fato de que o discernimento pode vacilar ou faltar — ainda que as regras permaneçam.

(f) Defeitos menores de escansão

A presença de tipos alongados foi aludida anteriormente, quando se tratou de *siðian mote, þa flotan stodon gearowe* e meios-versos semelhantes. E também a anacruse no segundo hemistíquio. Eles foram atribuídos a uma verdadeira *diferença* de regras em relação às que prevaleciam em certos tipos de composição: *Maldon*, embora seja um poema "bom", no qual analisamos desconfiados os defeitos quanto à fundamental *aliteração*, é de escansão mais livre e solta, não necessariamente

---

* Como no ano 959 (manuscritos D e E), *Caráter de Eadgar*.

(embora possivelmente) um desenvolvimento mais recente do que, digamos, o modo de escansão de *Beowulf*. Em geral, carrega semelhanças com o *málaháttr*. E certamente tem relação com o desenvolvimento do inglês médio, em que a sobrecarga, especialmente do primeiro hemistíquio, destruiu o equilíbrio original da estrutura antiga. Vemos em *Maldon* o aumento de peso no começo dos tipos B e C, que abrem com *dips*. Assim é *he hæfde god geþanc* 13; 50; 93; 195; 212 etc. Mas, é claro, tais coisas se encontram em toda a poesia mais antiga: é só uma questão de proporção e efeito geral.* O efeito geral em *Maldon* é de menos compacidade e mais verbosidade. Portanto, notamos com curiosidade os exemplos que parecem *não atingir o mínimo*. Exemplos de versos leves demais são: *folc and foldan feallan sceolon* 54; 264; 299. 270 também é notável.

---

* Mas não encontramos — a não ser ocasionalmente e provavelmente por acidente — *três* fonemas aliterantes no primeiro hemistíquio, o que é quase tão destrutivo para o caráter apropriado do metro quanto duas aliterações no segundo. *Wodon þa wælwulfas* 96 é o único exemplo claro, e é provavelmente fortuito e mal percebido; mas é o tipo de gérmen a partir do qual poderia se desenvolver a sobrecarga e a aliteração tripla do inglês médio. Não inconscientemente! Mas por escolha dos poetas. Deve-se julgar, contudo, que eles devem ter perdido o gosto pela estrutura da antiga organização e a percepção dela.

III
ALITERAÇÃO EM "G" EM
A BATALHA DE MALDON

[Em "A Tradição da Versificação", Tolkien observa que "a questão da aliteração em *g* na poesia em inglês antigo […] não recebeu a atenção que merece". O ensaio do qual foi retirado o seguinte excerto mostra Tolkien investigando essa questão com vigor. Quatro versões deste trabalho, provavelmente datando do início dos anos 30, encontram-se no *MS. Tolkien A 30/2*. O excerto incluído aqui (cuja versão começa no f. 155 do manuscrito), mais uma vez demonstra sua estima pelo poeta anônimo de *Maldon*.]

Verso 192: Sievers (*Altgerm. Metrik*, p. 41) trata o verso *Godwine and Godwig guþe ne gymdon* como se tivesse quatro aliterações e como um exemplo de "mangelhaft technik" [técnica defeituosa]. Na verdade, não é nada do tipo, e sim um testemunho interessante de que, quando o poema foi escrito, o *g* anterior e o posterior tinham divergido tanto que o ouvido se recusava a reconhecê-los como consoantes aliterantes. A poesia era escrita de ouvido, e não pela letra; mas, enquanto a ortografia — cujos principais contornos são um produto da erudição dos séculos sétimo e oitavo — permaneceu conservadora, os sons reais da língua haviam se alterado muitíssimo.

No verso citado, os três *gs* iniciais, que recebem a aliteração, são *gs* posteriores. Um arranjo similar aparece também no verso 32: *þæt ge þisne garræs mid gafole forgyldon*. Este poema fragmentário contém 325 versos, e somente nesses dois casos há uma (aparente) infração da regra fundamental da poesia em inglês antigo: a de que o segundo hemistíquio deve conter apenas um fonema aliterante. Isso por si só basta para sugerir que, nesses dois versos, a regra não foi quebrada *para o ouvido*. Nesse período, o *g* anterior provavelmente deixou de ser fricativo, e já era uma semivogal, como em *yet*; ao passo que o *g* posterior certamente se tornara uma oclusiva, como em *good* (assim como certamente ainda não havia se tornado no período arcaico). Essa sugestão se torna certeza se examinarmos o restante dos versos. Há 23 versos no total que aliteram em *g*. Em todos os casos, a aliteração se dá entre 2 (ou 3) *g*s posteriores, ou entre 2 (ou 3) *g*s anteriores; em nenhum caso a aliteração é relegada apenas à mera correspondência entre letras, isto é, entre 2 *g*s escritos que representam sons diferentes. Só há um caso duvidoso: 100 *þær ongean gramum gearowe stodon* [...] Mas o autor provavelmente, ou melhor, certamente, considerava nesse verso a aliteração *ongean* / *gearowe*, sem que *gramum* estivesse participando — a grafia com uma letra similar é acidental [...].

A única e aparente exceção, assim, desaparece; e então, no único poema de um homem que dominava o metro e sua técnica a sobreviver de uma época tardia do inglês antigo, temos evidência clara da distinção cuidadosa na poesia entre os dois *g*s. Assim, podemos deduzir que, seja lá por quais processos as regras e a prática da aliteração foram transmitidas, isso se deu pelo ouvido, e não pelo livro [...].

A técnica de poesia em inglês antigo, da forma que a conhecemos, apesar de trabalhar com metro, modo e vocabulário herdados, é uma técnica inglesa, e não germânica primitiva. É o produto dos séculos sétimo e oitavo e deve ter sido extraordinariamente fiel à língua do período, observando com exatidão a maioria dos departamentos da estrutura fonética consonantal e vocálica, acento e tom. Os ingleses tinham ouvidos bons e, ainda que seu verso seja a evidência mais interessante e notável disso, sua ortografia — uma façanha, a julgar pelo período — não deve ser esquecida. Ambos são produto da mesma era de ouro.

Mas é da natureza da ortografia fossilizar-se, e do metro, alterar-se, para o bem ou para o mal, de modo que já vemos os dois em desacordo antes do final do período anglo-saxônico, antes de o metro afundar-se em balbucios e a boa ortografia ser subvertida por francês de má qualidade, para sua eterna confusão.

IV

UM ANTIGO
REGRESSO RIMADO

[Como já se disse, uma das características notáveis dos rascunhos antigos do drama em verso de Tolkien é que o diálogo é estruturado em rimas, e não em aliterações. O texto incluído abaixo é o da Versão *D* (Bodleiana *MS. Tolkien 5*, ff. 16–22)]

O REGRESSO DE BEORHTNOTH, FILHO DE BEORHTHELM

A cena inteira se passa no escuro. Ouvem-se duas vozes: a de *Totta*, filho do menestrel, um jovem, e a de *Tudda*, um velho servo do duque *Beorhtnoth*, que foram enviados pelo abade de Ely para o campo de batalha, não muito longe de Maldon. Lá aguardam o abade e alguns monges para levar o corpo de Beorhtnoth até Ely.

*Escuridão. Barulho de um homem se
movimentando & respirando pesadamente*

TOTTA

Ah! Quem vem? É você, Tudda! Eu pensei,
Deus!, que era um deles. Uma hora busquei
no meio desses mortos, à espera sua,
a sós.

Darkness. Noise of a man
moving about & breathing heavily.

TOTTA

A! Who is there? You, Tudda! I had thought
That, God!, 'twas one of them. An hour I've sought
here, waiting for you, groping among the slain,
alone.

TUDDA

                Deve estar perto, mas a lua
já se escondeu.

     [Ele deixa escapar uma luz de uma lanterna escura.]

TOTTA

                Não! Cubra essa luz agora!

                    [Uma coruja pia.]

Xiu! Que é isso?

TUDDA

                Qual seu temor, rapaz? Ora…

                     [Ele cobre a luz.]

Ajude-me a erguê-los! Poupe o seu ar!
Achou que haveria fantasmas a andar?
Ou lobos dos lais de godos e hunos, é?
Em Essex? Não! Nem os que andam em pé
virão espreitar nesta noite suja
corpos despojados! É uma coruja!

TOTTA

Malditas! Bom que está aqui. Ora… "temor"!
É que pela noite não guardo amor,
com tanto morto à vista. É qual o sombrio
gentio inferno. Onde o mestre caiu?
Na fria e estranha noite — a fronte forte,
altivo e antigo — a alma partiu à morte.

TUDDA

Onde há mais mortos! Aqui! Venha ver!

TUDDA

>*Nigh here is where he should have lain;*
but the moon is sunk.

[He lets a light shine from a dark-lantern.]

TOTTA

>*No, no! cover that light!*

[An owl hoots.]

Hish! What was that?

TUDDA

>*Come, come, lad! What's your fright?*

[He covers the light.]

Help me to lift 'em, and spare breath! Less talk!
What do you think? That their ghosts so soon would walk?
Or wolves wander out of lays of Goths and Huns
in Essex here? Nay! Not two-legged ones
neither – they'll not come here to-night, to prowl
round corpses stripped near naked! 'Twas an owl!

TOTTA

Curse owls! I'm glad you're here at last. But 'fright'!
I'm not afraid – though I don't like the night,
with all these dead unburied. 'Tis like the shade
of heathen hell. Where has our master laid
his mighty head, so proud and old, to-night –
so cold and strange, when soul has taken flight?

TUDDA

Look where they're thickest lad! As here. Come, see!

[Descobre a luz.]

Eis Wulfmær! Junto ao senhor há de jazer.

TOTTA

Qual deles?

TUDDA

Qual? Ora, ambos aqui estão,
o homem que lhe era mais caro ao coração —
não longe estaria o filho-da-irmã —
e o filho de Wulfstan.

TOTTA

O que com afã
há pouco ainda corria e nadava?

TUDDA

E Ælfnoth ao seu lado.

TOTTA

É o que eu esperava.
Nunca estavam longe.

TUDDA

Dele também não!
Maldita lanterna e essa minha visão.
Mas aqui foi a última defesa,
e o homem há de estar perto, com certeza.

TOTTA

Que triste ver correrem os barbados
e os jovens morrerem. Deus! Desgraçado
é quem fugiu. O jovem Ælfwine, veja!

[Opens the light.]

Here Wulfmær lies! And close to his lord he'll be.

TOTTA

Which one is that?

TUDDA

Which? Why, they both are here,
tumbled together: the man he held most dear –
not far from kin will lie his sister-son –
and Wulfstan's boy, too.

TOTTA

He that used to run
so swift, and swim? It seems an hour ago.

TUDDA

And Ælfnoth by him too.

TOTTA

And rightly so,
they were never far apart.

TUDDA

Nor far from him!
A plague on this lamplight, and my eyes are dim.
But it was here they made their last stout stand,
I'll warrant we find the old man near at hand.

TOTTA

Poor lads! While men with beards and tried blades ran,
the young boys died, God's pity! Curse the man
who left them to it. Young Ælfwine, look!

TUDDA

    Bravo. Do tipo que nunca fraqueja.
    Como Offa, era altivo.

TOTTA

              Mas uns ali
levaram-no a mal, ou assim ouvi,
queriam Offa mudo aquele dia
no conselho. É o que se diz em poesia:
"Torpe é quem ganha anéis e hidromel bebe
e abandona aquele de quem recebe".
Queria ter ido à luta voraz,
não ficado como bagagem pra trás.
Também o amava. Um plebeu pode ser
mais bravo que o nobre que faz parecer
que descende de Woden e antigos reis!

TUDDA

    Como fala! A hora vai chegar, e eis
que as coisas não serão fáceis. Cruel
é o ferro da espada. Se sem labéu
e vivo estivesse após enfrentar
lanças, daria graças. Venha ajudar!

*[Uma pausa em que eles se esforçam em meio aos corpos.
A lanterna está descoberta no chão.]*

    Ora! Erga-o! É só um maldito danês,
gentio grandalhão.

TOTTA

              Cubra a luz outra vez!
Odeio esse olhar, funesta luzerna,
como o de Grendel à lua. Uma perna!
Mais parecem três!

TUDDA

> *He was a stout one. His knees never shook.*
> *Proud heart, proud tongue, like Offa.*

TOTTA

> *There were some*
> *took Offa's words with scowls, and wished him dumb—*
> *they cut too nigh – or so I'm told, that day*
> *at counsel of the lords. As old songs say:*
> *'Tis shame to take the ring and drink the mead,*
> *and leave the giver of the gift at need'.*
> *But days are worsened. I wish that I'd been here,*
> *not left with the baggage like a thrall in rear.*
> *I loved him as much as they. A plain churl*
> *may prove more tough when tested than an earl*
> *that traces kin to Woden and old kings!*

TUDDA

> *You talk! Your time'll come, my lad. Then things*
> *will look less easy. Iron has a bitter taste,*
> *and swords are cruel. If you'd ever faced*
> *the yell of spears, now thanking God you'd be*
> *you're neither dead nor shamed. Come stand by me!*

[A pause in which they struggle with bodies. The lamp is stood open on the ground.]

> *Now! Heave him off! 'Tis only a cursed Dane,*
> *great hulking heathen.*

TOTTA

> *Shutter that light again!*
> *I can't abide his eyes. They glare so grim –*
> *like Grendel's in the moon. Look! There's a limb,*
> *like three men's legs!*

TUDDA

                Paz! São do mestre, sim!
As mais longas desta terra ao confim.

TOTTA

A fronte ia acima das dos reis infiéis!
E jaz enfim o doador dos anéis
Qual príncipe em canções. Foi-se ao Senhor,
Beorhtnoth.

TUDDA

                E o chão pisaram com vigor,
lodo sangrento.

TOTTA

                A espada ali no meio!
A de punho dourado, Tudda.

TUDDA

                Receio
ser bom não ter lua. Pouco deixaram
do que havia.

TOTTA

                Ai! Tudda, eles lhe cortaram
a cabeça; fanaram com machada
o corpo — a guerra é assim desventurada?

TUDDA

Sim, sim. Mas vai dar trabalho o bastante
levar as sobras. Segure e levante!

TOTTA

Mas a carne e o osso inda serão caros
se arruinados. Lamentai sempre amaros

TUDDA

                Peace! It's the master! Yes,
that's him – the longest in this land, I guess.

TOTTA

His head was o'er the crowns of heathen kings!
Here lies he now at last, who dealt the rings
like princes in old songs. He's gone to God,
Beorhtnoth our lord.

TUDDA

                And the ground about is trod
to bloody mire.

TOTTA

                His sword is over here!
You know it, Tudda: with the golden hilts.

TUDDA

                I fear
'tis well the moon's gone. Little have they left
of what we knew.

TOTTA

                Woe! Tudda, they have reft
his head, and with their axes mangled him!
And the body – a! is battle then so grim?

TUDDA

Yes, yes – that's war. But we must make a shift
to bear what's left. Hold here! Now come! You lift!

TOTTA

None the less dear shall be this flesh and bone,
though foes have marred it. Now for ever moan

O homem inglês, o homem saxão
Desde a Mércia ao Oriental chão.
Choram damas. O muro cai.
Pra ossada um alto teso alçai!
Onde repousem o elmo e a espada,
Montes de anéis de luz dourada.
Dentre amigos, não tinha par,
Primo e maior de mar a mar;
Mais belo e gentil aos parentes,
Todos sempre o terão nas mentes
Enquanto o sol nos der luz flava;
Glória cobre o que glória amava!

TUDDA

A elegia não é tarefa nossa,
mas dos monges de Ely. Já pra carroça!
Devagar e firme! Vá me seguindo.
Mortos puxam pra baixo. Aonde está indo?
Que é?

TOTTA

Veja! Há alguém ali! Não, dois erradios!
Dois homens! Ou caminhantes-sombrios,
curvos, braçudos!

TUDDA

Ataque sem alarde!
Fique quieto.

[Ele cobre a lanterna.]

*[Uma pausa em que se ouve o ruído de passos furtivos
se aproximando. Tudda ergue a voz.]*

Ei! Chegaram muito tarde

The Saxon and the English men
From Mercian wood to Eastern fen.
The wall is fallen. Women weep.
Build high the mound his bones to keep!
And there shall lie his helm and sword,
And golden rings be laid in hoard.
For of the friends of men was he
The first and best from sea to sea;
To folk most fair, to kin most kind,
And ever shall be held in mind
While from the sea there riseth sun;
Glory he loved and glory won!

TUDDA

Come on! No dirges yet! 'Twill be the part
of Ely monks, with luck. Now for the cart!
Hey, steady there. Keep step with me. Now slow!
Dead men drag earthward. Hey, look where you go!
What is it?

TOTTA

Look! There goes one, see? No, two!
Two men! Or shadow-walkers foul of hue,
bowed, with long arms!

TUDDA

Quick! Put him down! And wait,
and keep your tongue.

[He puts the lamp out.]

[A pause in which the noise of stealthy steps is heard approaching. Tudda raises his voice.]

Hi, there! You're over late

pra luta. Mas se for do seu agrado
posso lutar!

> *[Para Totta em um sussurro rouco.]*

Estão vindo! Cuidado!

> *[Há um barulho de briga.]*

[*Tudda em voz alta*] Dê uma rasteira!

> *[Uma pancada e um grito.]*

TOTTA

Ahá! Tome isto aqui!
(*Gritando*) Por Deus do céu, Tudda! Este eu abati
com a espada do mestre! Achou ligeiro
o melhor espólio do campo inteiro!

TUDDA

Pra melhor uso essa espada foi feita.
Um murro e um pontapé, e tudo se ajeita;
já não faltam mortos a nos cercar.
Quando for um danês, pode gritar!
Gentios ou não, odeio todos eles,
pela Cruz, são do demônio, gente reles.

TOTTA

Então vamos! Pois deve haver mais por perto
da corja pirata.

TUDDA

Não, não, por certo
não são homens do Norte ou algo pior.
Estão em Ipswich bebendo a Thor.

to join the fight. But I can give you some
if that is what you want.

[To Totta in hoarse whisper.]

Look out! They come!

[There is a noise of scuffling.]

[Tudda loudly] *Go on! Trip him!*

[*A blow and a shriek.*]

TOTTA

A! there, that settles you!
(Crying aloud) *Heaven be praised, Tudda! I've run him
through, with master's sword! Quicker than he thought he
found the best thing left to plunder on this ground!*

TUDDA

No need. That sword was made for better fare.
A fist and boot was quite enough to scare
the likes of them. There's dead enough about.
When you have killed a Dane, begin to shout!
There's plenty of them near, and by the Rood
I hate 'em, heathen or sprinkled, devil's brood.

TOTTA

Then hurry! There may be more at hand. Away!
We'll have the pirate pack on us.

TUDDA

Nay, nay!
These were no Northmen! What should they come for?
They're all in Ipswich now, and drink to Thor.

Estes são só ladrões de corpos, gralhas,
sem amigo, rival ou coisa que o valha,
só a fome e a carência. Um deles achou
algo afiado entre os mortos. Escutou?
Vamos!

TOTTA

      Deus ajude, são maus os dias:
não se vingam mortos, e em lupinas vias
agem os pobres, qual corvo carniceiro
que rouba dos seus. Meu Deus! Há um terceiro
nas sombras!

TUDDA

            Deixe. Ele não vai esperar.
Esse tipo não é de se arriscar.
Vêm furtivos no fim da luta. Acuda!
Firme outra vez.

TOTTA

         Cadê a carroça, Tudda?
Espero que perto! Chegue pra cá,
que estamos muito pra beirada já,
ou caímos no Panta, bem na enchente.

TUDDA

Aqui está a rampa e a carroça está rente.
Pela cabeça de Edmund! Mesmo privado
da sua, o nosso mestre é bem pesado!

    [Uma pausa. Som de homens andando devagar,
             e novamente ofegando.]

TUDDA

Eis a carroça! Queria a cerveja
beber, perto de onde foi a peleja

*These are corpse-strippers, native carrion-crows
of waste and fen. They have no friends nor foes,
save want and hunger. One has found the gear
of dead men sharper than he thought. D'you hear?
Come on!*

TOTTA

*God help us, and these wretched days
when men lie unavenged, and wolvish ways
folk take for need, to pill like carrion-bird
and plunder their own. All hallows! There's a third
in the shadows yonder!*

TUDDA

*Let be. He will not wait.
That sort will fight no odds, early nor late.
They sneak in when all's over. Up again!
Steady once more.*

TOTTA

*Say, Tudda, where's the wain?
I wish we were by it! Come now, more this way:
we're walking near the brink. Look out, I say.
We'll fall into Panta. And the tide is high.*

TUDDA

*We're at the causeway – and the wain's hard by.
There then – the first step of the journey's done.
By Edmund's head! our lord's not light with none!*

[*A pause. Sound of men slowly walking,
and panting again.*]

TUDDA

*The wain at last! I wish that I could drink
his funeral ale right now upon the brink*

que o matou! Dava cerveja excelente
doce e forte... ...
        ... ... Mas como de repente
tomaram a rampa? Há aqui pouco rasto
de luta, mas na água um número vasto
devia haver, só que na ribanceira
há um só.

TOTTA

        O que diz a cidade inteira,
é que foi graças a ele. Ai de nós!
Soberbo e audaz demais. Foi-se veloz.
Relevemos: seu grão cor o enganou.
Deixou-os passar; desafiou-os; tombou.
Último filho dos homens que os cais
deixaram, contam-nos livros e lais,
de Angel no Leste, e sob elmo, na guerra,
venceram galeses, e nesta terra
um reino fundaram antigamente.
E os ventos do Norte vêm novamente!

TUDDA

E o desvalido é quem carrega o fardo,
sempre é assim, seja lá o que canta o bardo.
Morte aos Vikings! O homem perde seu torrão,
morre e depois o aduba. Dê uma mão,
que logo acabamos! Suba! Olhe o tranco!
Cubra-o neste pano. Devia ser branco.
Serve, por ora. Os monges e o abade
esperam em Maldon. Já está bem tarde.
Chore ou ore; eu toco os cavalos, Totta.

TOTTA

E que Deus nos guie em segura rota!

[Um silêncio em que se ouve o rumor e o ranger de rodas.]

near where he died! Good beer he gave; not thin,
but sweet and strong... ...
... ... How came they thus to win
across the causeway, think you? There's little sign
here of hard fight, and yet just here the brine
should have been choked with them. But by the bank
there's only one there lying.

TOTTA

They've him to thank,
alas! Or so men say now in the town.
Too bold, too proud! But he is fallen down,
made fool of by great heart. So we'll not chide.
He let them cross to taste his sword – and died:
the last of the true sons of men of old
that sailed the seas, as songs and books have told,
from Angel in the East, and under helm
upon war's anvil smote the Welsh, and realm
here in this isle they founded, long ago.
Now from the North again the winds do blow!

TUDDA

And poor men catch it in the neck, today
as long ago; whatever the songs may say,
perish all Vikings! Poor men robbed of land
they loved, must die and dung it. Lend a hand!
And then our task is done. Now up! That's right!
Cover him over with that cloth. It should be white,
but it must do for now. The monks now wait
in Maldon with their abbot, and we're late.
Get in! And weep or pray, my lad. I'll drive.

TOTTA

God guard our going, and grant that we arrive!

[A silence in which a rumbling & creaking of wheels is heard.]

Como geme a roda! E agora, pra onde?...
...Ei, Tudda! Tudda! Por que não responde?

TUDDA

(*Pesadamente*) Onde? Maldon, rapaz, e Ely, por fim,
e aos monges. Devagar. E a estrada é ruim.
Achou que teria cama e conforto?

TOTTA

A estrada é longa.

TUDDA

Não pra quem está morto.
O som não o acordará. Encoste e durma!

[Para os cavalos.]

Upa! Já lhes dei comida! Ande, turma!
Logo chegamos à estala dos monges.
Ninguém roubará o que achamos tão longe.

*[O rangido e o ruído, e o som de cascos continuam
por um tempo. Luzes bruxuleiam ao longe. O som
tênue de um cântico chega com o vento.]*

TOTTA (*Dormitando, meio sonhando*)

Em Ely, há Missa, círio e cantochão
antes do enterro. Os dias passarão
e homens — damas choram em Angelcynn —,
vêm novos dias...... seu túmulo, assim,
passa a extinguir-se. Seus parentes somem.
O círio derrete. Igual a todo homem.
Nas trevas as velas se apagam logo.
Façam faíscas, acendam o fogo!
Uma luz perene e chamas vivazes!
Ouço-as sim. Palavras boas e audazes!

Where first tonight? Lord! How these wheels do creak!...
...Hey, Tudda! Tudda! Speak! Why don't you speak?

TUDDA

(Heavily) *Tonight? To Maldon; then to Ely, lad, with monks and*
all, slow; and the road is bad.
Without a rest. Did you think to get to bed?

TOTTA

'Tis a long road.

TUDDA

But a short one for the dead.
Creaking won't break his rest. Lie by, and sleep!

[To the horses.]

Gee up! boys. You've been fed. No need to creep.
Good stable have the monks. Don't heed the sound.
None now will try to steal what we have found.

[The creaking and rumbling and sound of hoofs
continues for some time. Lights glimmer in the distance.
There is a faint sound of chanting borne on the wind.]

TOTTA (Drowsing half in dream.)

Ay! Candles and singing, and the holy Mass
in Ely, ere he's buried. And days will pass,
and men – and women weep in Angelcynn –
and new days follow...... and his tomb begin
to fade, and all his kith pass out of ken.
The candles gutter in the wind. Like men.
They soon go out, the candles in the dark.
Come smite the flint, and strike a spark!
A flame – a light – a fire that won't go out!
A yes, I hear them. Good words those, and stout!

Uma voz solene diz vagarosamente:

Hige sceal þe heardra, heorte þe cenre,
mod sceal þe mare þe ure mægen lytlað.

TOTTA

Belas palavras, *scop*! Sei que ninguém
esquecerá por eras e eras... [*dorme*]

[*A carroça dá um solavanco e ele se sobressalta*]

Hein?
Tromba e chacoalha! Tudda, é o que eu lhe digo,
nos dias de Æthelred, a estrada é um perigo.

[*Escuridão total e silêncio por um momento.*]

[*Vozes cantando bem baixo, mas devagar e
com palavras distintas.*]

Dirige, Domine, in conspectu tuo viam meam.
Introibo in domum tuam: adorabo ad templum sanctum
  tuum in timore tuo.

Uma voz (não a de Tudda e nem de Totta)

Tão tristemente cantam os monges de Ely!
Remai, homens! Que o seu canto nos vele.

[*O canto lentamente fica mais alto e claro.*]

Dirige, Domine, in conspectu tuo viam meam.
Introibo in domum tuam: adorabo ad templum sanctum
  tuum in timore tuo.
Domine deduc me in justitia tua: propter inimicos meos
  dirige in conspectu tuo viam meam.

A solemn voice says slowly:

Hige sceal þe heardra, heorte þe cenre,
mod sceal þe mare þe ure mægen lytlað.

TOTTA

Well said the scop! And that won't be forgot
for many an age… an age…an age… [sleeps]

[The cart bumps and he starts.]

What?
Hey, rattle, rattle, bump! Tudda, I say,
No sleep! The roads are rough in Æthelred's day.

[Complete dark and silence for a while.]

[Voices chanting low and faintly, but slowly and with distinct words.]

Dirige, Domine, in conspectu tuo viam meam.
Introibo in domum tuam: adorabo ad templum sanctum
  tuum in timore tuo.

A voice (not of Tudda or Totta).

Sadly they sing, the monks of Ely isle!
Row lads, row! Let us listen here a while.

[The chanting slowly grows louder and clearer.]

Dirige, Domine, in conspectu tuo viam meam.
Introibo in domum tuam: adorabo ad templum sanctum
  tuum in timore tuo.
Domine deduc me in justitia tua: propter inimicos meos
  dirige in conspectu tuo viam meam.

*Gloria Patri et Filio et Spiritui Sancto: sicut erat in
principio et nunc, et semper, et in saecula saeculorum.
Dirige, Domine, in conspectu tuo viam meam.*

[O cântico diminui até que se faça silêncio.]

*Gloria Patri et Filio et Spiritui Sancto: sicut erat in
   principio et nunc, et semper, et in saecula saeculorum.
Dirige, Domine, in conspectu tuo viam meam.*

[The chanting fades into silence.]

V
DESENVOLVIMENTOS NOTÁVEIS NOS RASCUNHOS DE *O REGRESSO*

[*O Regresso* passou por muitas guinadas e reviravoltas fascinantes nos seus vinte anos de desenvolvimento, desde os mais antigos fragmentos de diálogo rimado até o drama aliterante esmeradamente harmônico com mais de 350 versos. Deixo documentadas abaixo algumas das mais notáveis dessas revisões, focando naquelas que têm relevância para os temas e episódios mais críticos do drama. Cada uma das quatro seções começa com meu próprio comentário antes de seguir o rastro das alterações significativas nos manuscritos (seguindo a classificação de Honegger e a paginação da Biblioteca Bodleiana).]

A BRIGA

O que seria de um drama, ainda mais uma "sequência" da Batalha de Maldon, sem algum choque de armas? Contudo, no modo irônico de *O Regresso*, a emoção da batalha, até mesmo para Totta, dura pouco, dando lugar à confusão, ao embaraço e à vergonha quando se descobre que os seus oponentes não são guerreiros vikings destruidores, mas uns desgraçados locais e ladrões mesquinhos — mais ao estilo de Gollum do que de Grendel. Os rascunhos mostram Tolkien esforçando-se no aperfeiçoamento da descoberta da espada de Beorhtnoth, seu uso ignóbil e a inspiração para a "piada com duplo sentido" em *Maldon*.

Versão α:

Este fragmento antigo começa com Pudda (> Totta): "Vamos logo! Deve haver outros por perto / da corja pirata" (*A Traição de Isengard*, cap. 5, nota 10). Presume-se que a briga já ocorreu fora do palco, embora muitos elementos da obra final já estejam presentes: Pudda confunde os oponentes com homens do Norte e Tibba (> Tída) o corrige; um terceiro ladrão de corpos é avistado depois, e Tibba descarta qualquer ameaça.

Versão A:

No rascunho na Bodleiana assinalado como a cópia mais antiga, é Tudda (Tída) quem descobre a famosa espada de Beorhtnoth: "A espada ali no meio". Quando Totta detecta os intrusos, Tudda age imediatamente, incitando seu companheiro a pegar em armas: "Sus! Ataque! Espada em mão! / — Ora, pegue alguma caída no chão!" (*MS. Tolkien 5*, ff. 2–3).

A reação de Tudda com o resultado da briga é também muito diferente neste ponto: 'Por Deus do céu, Totta, este eu abati. / Esse morreu? Co'a espada d'ouro? Ligeiro / achou o melhor espólio do campo inteiro'. Assim como na versão final, Tudda corrige a impressão errada de Totta de que os oponentes eram nortistas, identificando-os como "ladrões de corpos".

Versão B:

A indicação cênica esmaecida, a lápis, vem depois da convocação de Tudda às armas, sugerindo que os ladrões que se aproximam configuram uma ameaça real: "Dois homens surgem por trás com espadas no escuro" (ff. 6–7).

Versão C:

Aqui, Tudda de fato pega a espada de Beorhtnoth na refrega: "Por Deus do céu, Totta. Este aqui abati / co'a espada do mestre!" (f. 10v).

Versão D:

Ver Apêndice IV. A ação, embora ainda seja narrada em rima, começa a se assemelhar à forma final. Totta assume o papel de descobridor da espada; Tudda dá o aviso e encoraja seu companheiro inicialmente; Totta exulta com seu feito e a piada sinistra é atribuída a ele; Tudda o repreende por usar a espada assim.

Versão E:

Tudda repreende Totta nessa primeira versão aliterante do drama: "Que delírio, Totta. Limpe-a agora, / tal arma foi feita para usos melhores" (f. 26).

Versão H:

"Ahá! Tome isso então! Tída, veja! / Matei este aqui. Não rasteja mais: / não esperava uma espada topar tão cedo; / mas foi bem na fuça. De fato, é um tesouro, / o melhor espólio da disputa inteira!" (f. 68v).

NA RAMPA

No texto publicado, quando os exaustos Tída e Totta chegam à rampa, levando o corpo decapitado do mestre de volta para a cena do crime, por assim dizer, eles param para refletir. De todos os episódios no drama, este é o mais claramente conectado ao argumento em "Ofermod" — e poder-se-ia dizer plausivelmente que inspirou o ensaio tanto quanto o próprio poema *Maldon*. O confuso Totta se pergunta por que os ingleses parecem não ter tirado vantagem da posição estratégica; Tída responde com o boato que corria na cidade pela manhã, e fala da censura quanto ao erro fatal de Beorhtnoth. Totta não nega a acusação, embora responda com uma canção que ecoa a Crônica de *Brunanburh*, e celebra a queda de Beorhtnoth. Ainda que desde muito cedo haja alguma alusão a esse ponto de virada fatal da batalha, a cena passou por grande desenvolvimento nos rascunhos.

Versão α:

Pudda (> Totta) pergunta: "Como de repente / Tomaram a ponte? Há aqui pouco rasto / De luta. Mas na água um número vasto / Devia haver, só que aqui no tabuão / Há um só." Tibba

(> Tída) responde apenas: "Bom, a Deus nossa gratidão" (*A Traição de Isengard*, cap. 5, nota 10).

Versão C:

Aqui, Tudda (> Tída) coloca a questão, e é Totta quem dá as más notícias: "O que diz a cidade inteira, / é que foi graças a ele. Ai de nós! / Soberbo e audaz demais. Foi-se veloz. / Relevemos: seu grão cor o enganou. / Deixou-os passar; desafiou-os; tombou. / Último filho dos homens que os cais / deixaram, contam-nos livros e lais, [...]" (f. 11)

Versão E:

Totta novamente fica se perguntando: "Que estranho, sabe / como eles passaram assim pela rampa, / ou abriram caminho sem muita luta? / Sinais de batalha restaram poucos". Tudda responde: "Ai, Totta, amigo, do mestre é a culpa / ou em Maldon, hoje, é o que muitos diziam. / Demasiado soberbo, tombou o mestre / Perdoemos o engano que o orgulho causou. / À hoste deu passagem, tão sôfrego estava / por repetir façanhas dos antepassados / e co'as próprias mãos o inimigo abater / dando aos poetas grandiosas canções. / Da sina zombou e assim pereceu" (f. 27).

Versão H:

Aqui o texto alcança essencialmente a forma final, com a crítica de Tudda ("nobreza insensata" etc.) feita em correções com caneta azul (f. 69v).

O SONHO DE TOTTA

Neste que é talvez o episódio mais icônico do drama, Totta cochila na carroça depois de sua aflitiva jornada, tendo "de almofada o corpo" de Beorhtnoth pela longa estrada até a abadia de Ely. Ele sonha primeiro com a missa fúnebre do seu senhor, mas as luzes das velas na missa logo são sufocadas pela visão sombria e sinistra do movimento inexorável do tempo.

A cena muda na segunda parte do sonho, e move-se não para frente, mas para trás no tempo e, no salão iluminado, ele se junta ao canto, entoando a crença de desesperada coragem de Beorhtwold, os dois versos mais famosos (ainda por serem escritos) de toda a poesia anglo-saxônica. As duas fases do sonho de Totta já aparecem nos rascunhos antigos, mas Tolkien parece estar em conflito ao decidir se (e como) deve integrar a fala icônica de Beorhtwold.

Versão A:

Totta, dormitando na carroça, começa a descrever uma visão do enterro de Beorhtnoth e a lenta ruína do tempo: "Em Ely, há Missa, círio e cantochão / antes do enterro. Os dias passarão, / e homens; damas choram em Angelcynn; / vêm novos dias; seu túmulo, assim, / passa extinguir-se, e seus parentes [...]. As velas se apagam logo! [...]". A visão onírica então muda: "Ouço-as sim — palavras boas e audazes. / Belas palavras, *scop*! Sei que ninguém / esquecerá por eras e eras...". O sonho é então interrompido pelo mesmo solavanco da versão final: "Hein? / Tromba e chacoalha! Tudda, é o que eu lhe digo, / nos dias de Æthelred, a estrada é um perigo!" (f. 4).

Versão C:

As palavras boas e audazes que ficam apenas implícitas nos rascunhos mais antigos são explicitamente inseridas aqui, com uma "voz solene" declamando dentro do sonho: "*Hige sceal þe heardra, heorte þe cenre, mod sceal þe mare þe ure mægen lytlað*" (f. 12).

Versão D:

Ver Apêndice IV. A súplica por uma luz configura a transição entre as duas fases do sonho.

Versão E:

Neste primeiro rascunho aliterante, a visão chega quase à forma final, com a expressão em inglês antigo sendo vertida para o inglês moderno e estendida por mais três versos: "Coração mais elevado, mais severo o propósito, / mais austera a vontade se hesitar nossa força! / Mente que não teme nem muda o ânimo; / quando atroz é a sina, e a treva vence, / se o corpo fracassa, acorda uma chama!" (f. 29).

Se, no texto final, é Totta que entoa os versos (ainda que em sonho), Tolkien considerou outras apresentações. Um trecho riscado aqui esclarece a atribuição: "Uma voz grave, nem de Totta e nem de Tudda, diz lentamente". Uma nota a lápis sugere que Tolkien ainda não tinha decidido se citava os versos do poema antigo ou se vertia na voz de Totta. A tradução do código heroico é, ainda outra vez, diferente: "Mente que não teme nem muda o ânimo, / não estremece a vontade se o mundo se abala / e o corpo fracassa. Não acaba a chama". Totta então acrescenta: "São belas palavras. Embota-se o canto, / mas perdura a palavra, té o findar do mundo!" (f. 30).

Versão K:

Tolkien parece ter feito testes com a versão de Totta para esses versos até o fim: mesmo aqui, no datiloscrito enviado aos editores, correções marginais foram necessárias para que se atingisse a forma publicada (f. 111).

O POETA DE MALDON

Às vezes passa despercebida a sugestão — e suas implicações relacionadas — de que o jovem Torhthelm, "filho de menestrel", pode muito bem ser o poeta incipiente de *Maldon*, conforme imaginado por Tolkien. Da mesma forma que o leitor de primeira viagem de *O Senhor dos Anéis*, ávido por um romance heroico, mas com pouco apetite para prólogo e apêndices, talvez preste pouca atenção ao conceito do Livro Vermelho do Marco Ocidental e ao papel que Bilbo, Frodo e Sam têm na própria escrita do conto, igualmente se pode escusar o leitor de *O Regresso* por não considerá-lo nada além de uma coda dramática à batalha. Ainda que algum indício do papel de Totta como poeta permaneça no texto final, Tolkien testou, mas, no fim, abandonou uma designação explícita de Totta como sendo o futuro poeta.

Versão C:

Na cena introdutória, Tolkien descreve Totta como "um jovem cavalariço", mas isso foi riscado e substituído por "o filho do menestrel, um jovem" (f. 9).

Versão D:

No canto superior esquerdo da página que abre o drama em verso, bem fraco e a lápis, Tolkien escreveu: "Imagina-se, é claro, que Totta posteriormente compôs o poema que sobreviveu, a partir do que ouviu falar" (f. 16). Essa é a última cópia que resta do poema em rimas.

Versão H:

"Para os propósitos desse poema moderno, sugere-se que, quando o corpo do duque já foi levado para o túmulo em Ely, Torhthelm (Totta) posteriormente compõe o poema *A Batalha de Maldon*: a partir daquilo que ele mesmo sabe, de relatos dos sobreviventes, da imaginação e da tradição épica — o último fragmento a sobreviver do antigo cancioneiro heroico inglês" (f. 63v). Esse trecho, junto com outros rascunhos da nota introdutória, "A Morte de Beorhtnoth", foi riscado.

Em outro rascunho de "A Morte de Beorhtnoth", uma nota de rodapé à observação de Tolkien sobre a originalidade dos famosos versos de Beorhtwold diz o seguinte: "Supõe-se aqui que Totta tornou-se, posteriormente, o autor do poema cujo fragmento sobrevive. Baseia-se (nessa teoria) em parte nos relatos de sobreviventes, e em parte na imaginação e na tradição épica" (f. 65v). A página inteira foi riscada.

VI
PROVANDO O PUDIM:
O REGRESSO EM DIÁLOGO COM O LEGENDÁRIO

"sem o elevado e o nobre, o simples e vulgar é totalmente vil; e sem o simples e ordinário, o nobre e heroico não possui significado." — J.R.R. Tolkien, em carta a Milton Waldman [*Cartas*, n. 131]

É de se esperar que os leitores deste livro encontrem em *A Batalha de Maldon* e *O Regresso de Beorhtnoth* algo daquele interesse "intrínseco" que Tolkien descreve em suas notas introdutórias ao poema anglo-saxão. Mas muitos desejarão, inevitável e compreensivelmente, explorar também sua importância "acidental", perguntando-se que luz os trabalhos de Tolkien com *Maldon* jogam em *O Senhor dos Anéis* e no legendário. Como penso que essa é uma boa pergunta, e honestamente considero-me um desses leitores, dedico essas páginas finais para tal investigação.

O próprio Tolkien indicou que tal inquirição poderia render frutos. Em uma carta para Anne Barret da Houghton Mifflin, em 1964, ele afirma que "por algum tempo pensei vagamente na reimpressão conjunta de três coisas que [...] realmente confluem", colocando *O Regresso* junto de "*Beowulf*: The Monsters and the Critics" e "Sobre Estórias de Fadas" — dois textos frequentemente vistos como as fundações críticas de qualquer estudo importante da obra de Tolkien (*Cartas*, n. 259). Mais incisivamente ainda, ele certa vez observou para Rayner Unwin que *O Regresso* é "muito pertinente para a divisão geral de afinidade demonstrada em *O Senhor dos Anéis*" (*Chronology*, p. 696).

Ainda que *O Regresso* talvez não tenha exatamente monopolizado a atenção de Tolkien por vários anos consecutivos, seu longo e robusto processo de desenvolvimento — que quase sobrenaturalmente acompanha a publicação de suas obras de ficção mais importantes — também sugere que raramente estava muito longe do seu pensamento. Rascunhos antigos dividem a folha de papel com sua arte e com versos como os de "Errantry" (ver a Introdução). É difícil dizer em que pé estava o trabalho em *O Regresso* no início dos anos de 1930, mas ele certamente havia começado muito antes de 1937, quando foram publicados tanto *O Hobbit* quanto a edição de E.V. Gordon de *A Batalha de Maldon*. Quinze anos depois, Tolkien escreveria euforicamente a um certo Sr. Burns sobre duas publicações no prelo:

> Também fiquei sabendo que foram aceitos um diálogo dramático em verso aliterante de verdade (de estilos variados) sobre cavalheirismo e bom senso (na boca de dois anglo-saxões fictícios) e, mais notável, um "romance" de pelo menos 500.000 palavras: exultação. (*Chronology*, p. 414)

Quando *O Regresso* finalmente apareceu, no volume de 1953 de *Essays and Studies*, apenas nove meses se passaram até a publicação de *A Sociedade do Anel*, em julho de 1954.

Superficialmente, *O Regresso* poderia parecer um prelúdio estranho para *O Senhor dos Anéis*, mesmo que este seja, resumindo da forma mais simples, a história de dois companheiros comuns viajando por lugares apavorantes em uma demanda difícil. Ainda que uma análise assim superficial tenha claras limitações, não é um ponto de partida ruim. Precisamos apenas reconhecer que as descobertas feitas nesse nível podem representar — tomando emprestada a metáfora culinária que atravessa os estudos de Tolkien sobre a versificação anglo-saxônica — não tanto a "receita" essencial, mas os "condimentos" triviais.

O motivo da demanda que Tolkien achava tão valioso pode ser importante, mas não devemos nos esquecer da jornada de volta. Quando, em 1961, ironizou a ignorância do tradutor sueco de *O Senhor dos Anéis* quanto a Beorhtnoth e o poema que escrevera — "Voltar para casa morto e sem cabeça (como o fez Beorhtnoth) não é muito prazeroso." [*Cartas*, n. 229] —, Tolkien já seria capaz de lembrar mais que uns poucos regressos complicados em suas histórias. "Mas nem correntes nem barras podem impedir o retorno ao lar profetizado outrora", afirma Thorin (prematuramente) aos homens da Cidade-do-lago em *O Hobbit*. Ainda que as profecias de outrora, como Bilbo observa depois, de certa forma acabem mesmo se concretizando, Thorin não está lá para desfrutar. O próprio Bilbo escapa com certa facilidade; ao contrário de Beorhtnoth, a morte de Bilbo é apenas "Presumida", e ele retorna a tempo de evitar o leilão da sua toca e da maior parte dos seus bens, embora se diga que "o incômodo do ponto de vista legal [...] durou anos". O regresso de Frodo ao Condado em *O Senhor dos Anéis* é um tanto mais lúgubre. Logo após a miraculosa conclusão de sua demanda ao Monte da Perdição, ele define o Condado ocupado pelos rufiões com trágica concisão: "Sim, isto é Mordor". E, embora os companheiros consigam colocar ordem nas coisas, Frodo logo "afastou-se discretamente de todas as ocorrências do Condado, e Sam ficou condoído de perceber quão pouca honra Frodo tinha em seu próprio país". Túrin, o herói trágico de *Os Filhos de Húrin*, é o que está na pior situação. Ao regressar para a casa de sua mãe em Dor-lómin, com seu trabalho (e o de Morgoth) ainda incompleto, Túrin finalmente alcança "a casa que buscava. Erguia-se vazia e escura, e nenhum ser vivo morava perto dela". A mãe e a irmã por quem procurava tinham partido há muito tempo.

Isso, é claro, pode ser simplesmente um "condimento". Se estivermos buscando a receita — descobrir se há alguma conexão essencial entre essas obras, podemos olhar as questões postas em *O Regresso*. A guerra é romântica ou mero desbaratamento?

Como a guerra e o esporte podem ser fundidos ou confundidos? O que faz um herói ser o que é? O que o motiva? De que serve o espírito heroico do Norte? Tais questões são exploradas ao longo de todo o legendário de Tolkien.

O drama em verso lança sobre elas um olhar severo desde o começo. Seja lá quais ações inquietantes e feitos valentes tenham ocorrido, ficaram no passado. Encontramo-nos na posição de Totta: sozinhos com os mortos na escuridão. A cena sinistra de um campo de batalha devastado torna-se comovente e perturbadora nas mãos de Tolkien e, às vezes, sua atenção parece passar mais tempo e ser mais vívida ali do que nas grandes batalhas em si. A última defesa diante do Portão Negro dissolve-se aos olhos quase antes de começar, com Pippin esmagado sob o peso de um trol; mas Gimli depois descreve a busca pelo amigo — "o aspecto de um pé de hobbit, mesmo que só ele esteja visível embaixo de uma pilha de corpos" — e o esforço para tirar "aquela grande carcaça" de cima dele. Não temos um relato exato da Batalha de Dagorlad, mas conhecemos os Pântanos Mortos, e como!

Vemos repetidamente a ligação desconfortável entre a guerra e o esporte: desde as origens do golfe em *O Hobbit* até a competição amistosa entre Gimli e Legolas para ver quem matava mais Orques no Abismo de Helm. Quando, em Moria, Frodo arranca sangue pela primeira vez com Ferroada, Aragorn grita encorajamentos — "Um para o Condado!" — como se estivesse marcando os pontos no placar. Assim como a o espírito esportivo da decisão de Beorhtnoth, o fascínio e o perigo de se confundir os dois estão sempre por perto. Faramir chega a descrever o declínio de Gondor nestes termos: seu povo, lamenta para Frodo e Sam, agora ama "a guerra e a valentia como coisas boas em si, ao mesmo tempo entretenimento e fim". Temos a sensação de que tal declínio estava tomando forma há muito tempo, encorajado por aqueles de quem se poderia esperar melhor exemplo. Nos Apêndices, ficamos sabendo sobre o breve reinado de Eärnur, último rei de Gondor, quase mil anos antes de Aragorn e o retorno do rei.

Era homem de corpo vigoroso e humor inflamado; mas não tomou esposa, pois seu único prazer estava no combate ou no exercício das armas. Sua proeza era tanta que ninguém em Gondor era capaz de enfrentá-lo nos jogos de armas, em que se deleitava, parecendo mais um campeão que um capitão ou rei.

Sem suportar o escárnio do Rei-bruxo, cavalgou com uma "pequena escolta" para enfrentar seu adversário em um duelo imprudente diante de Minas Morgul, e dele "jamais se ouviu falar outra vez", tendo assim início, desnecessariamente, a era dos Regentes.

Em sua conversa com Frodo acerca dos grandes contos e da vasta teia de histórias junto às Escadarias de Cirith Ungol, Sam também observa essa confusão na natureza das histórias de aventura: "Eu costumava pensar que eram coisas que a gente maravilhosa das histórias saía para procurar porque queriam elas, porque elas eram emocionantes, e a vida era um pouquinho tediosa, uma espécie de esporte, poderíamos dizer". Sua percepção indica o golfo que separa os atores de um drama e seu público, e as questões morais que se colocam. Pela perspectiva do público, quanto mais medonhos os apuros, melhor é a história. Como Sam coloca, deixando de lado seu desgosto, "o próprio Gollum poderia ser bom numa história".

A crítica à conduta de Beorhtnoth em "Ofermod" desviou a conversa sobre *A Batalha de Maldon* da noção preestabelecida acerca da qualidade puramente heroica do poema e sua celebração dos laços que o historiador romano Tácito chama de *comitatus*: o grupo de vassalos leais a um senhor até a morte na batalha. E, no entanto, apesar de reprovar a conduta de Beorhtnoth, Tolkien é inequívoco em sua admiração pelo "magnífico" heroísmo daqueles que escolhem sacrificar a vida por amor e lealdade. Assim como Tída e Totta fazem louvores a homens valentes como Ælfwine e Offa em 991, o motivo do *comitatus* é expresso de forma comovente nos relatos de guerra do legendário. Quando Théoden cai de Snawmana nos Campos de Pelennor e o Senhor dos Nazgûl chega para tripudiar sobre a vítima, o rei não estava "totalmente abandonado", mesmo que "os cavaleiros de sua casa [jazessem] abatidos ao seu redor". Éowyn ainda se postava entre eles, destemida, e é ela quem dá fim à monstruosa montaria alada do Nazgûl. Merry também lembra seus votos — "Homem do Rei!" —, mesmo paralisado de medo; "sua vontade não deu resposta" até que, vendo o exemplo de Éowyn, sua "coragem lentamente nutrida" despertou e, juntos, contra todas as probabilidades, a lealdade deles a Théoden (junto com suas lâminas) assegura que a voz do Senhor dos Nazgûl "nunca mais [fosse] ouvida naquela era do mundo".

O vínculo do *comitatus* frequentemente se sobrepõe aos laços familiares, como no caso de Éomer e Théoden. A relação entre tio e sobrinho — filho da irmã —, observa Tolkien, é de particular importância histórica e lendária. Lembramo-nos de que Thorin Escudo-de-carvalho não é o único Anão a cair na Batalha dos Cinco Exércitos. Os jovens Fili e Kili juntam-se a ele: "tinham tombado a defendê-lo com escudo e corpo, pois era o irmão mais velho da mãe deles".

Tal conduta parece profundamente entranhada nas culturas da Terra-média. Isso fica visível na icônica cena em que Gandalf defende a ponte de Khazad-dûm contra o Balrog, ordenando que o resto da sociedade fuja. A semelhança da cena com *A Batalha de Maldon* já foi discutida por acadêmicos; Alexander M. Bruce afirma que é um tipo de correção da atitude de Beorhtnoth na rampa. Aqui, Aragorn e Boromir relutam tanto em sair do lado do líder com o combate tão próximo que chegam a ser desobedientes: eles "não obedeceram ao comando, mas ainda mantiveram suas posições". Erguem-se os gritos de batalha e eles se apressam para ajudar o mago, e somente após ele repetir o comando — "Correi, tolos!" — e cair no abismo, eles relutantemente obedecem e Aragorn passa a liderar a companhia na fuga desesperada de Moria.

Em alguma medida, talvez esses dois preferissem se engalfinhar com o Balrog, e até mesmo cair junto com Gandalf, expressando o espírito heroico do Norte, a doutrina de resistência malfadada sintetizada em *A Batalha de Maldon* por Beorhtwold, velho membro do *comitatus*. Desde o primeiro colóquio entre os dois no Conselho de Elrond, quase um episódio de desafio, como num repente, a confiança sombria de Aragorn de que irá "[por] à prova algum dia" a sua espada e seus nervos ecoa, como observa Tom Shippey, a comovente fala de Ælfwine em *Maldon*: "Que agora se ponha à prova quem é bravo".

Quer ligados por vínculos de lealdade ou dever para com uma missão, quer pelo desejo mesclado de, no mínimo, fazer render uma boa canção, essa crença desesperada é expressa ao longo de todo *O Senhor dos Anéis*. Durante o período em que esteve Portador-do-Anel, Sam é de fato descrito em termos que muito claramente ecoam a famosa expressão de Beorhtwold: quando Frodo, que se presume estar morto, é levado pelos Orques, o "cansaço [de Sam] era crescente, mas sua vontade estava tanto mais vigorosa". E, nos esforços finais rumo ao Monte da Perdição, ele se vê transformado:

> Mas, mesmo enquanto a esperança morria em Sam, ou parecia morrer, ela se transformava em uma nova força. O singelo rosto de hobbit de Sam tornou-se severo, quase sisudo, à medida que a vontade se endurecia nele, e sentia todos os seus membros atravessados por uma excitação, como se estivesse se transformando em uma criatura de pedra e aço que nem o desespero, nem a exaustão, nem infindáveis milhas áridas podiam subjugar.

Esses ingredientes compartilhados não se restringem, absolutamente, a *O Hobbit* e *O Senhor dos Anéis*. *Maldon* espia pela tradição da morte de Isildur, conforme relata a narrativa tardia "O Desastre dos Campos de Lis". O rei encontra seu fim nas águas fatais do rio Anduin. Quanto aos cavaleiros da "seleta escolta" de Isildur, mesmo sua poderosa parede de escudos não consegue rechaçar a força mais numerosa de Orques, e "não demorou muito para que estivessem todos mortos, à exceção de um". É provavelmente na saga de Túrin Turambar que os ingredientes estão mais visíveis, como sugeriu Richard C. West em seu estudo do *ofermod* no longo desenvolvimento do conto. Túrin foi criado dentro de tradições aristocráticas muito parecidas com as de Beorhtnoth e Torhthelm; seu cânone pessoal incluiria, entre outras lendas, os contos recentes de malfadada resistência contra Morgoth, como o duelo de Fingolfin ou a última defesa do seu próprio pai na Batalha das Lágrimas Inumeráveis. Túrin dedica sua vida breve e infeliz a reparar os malfeitos cometidos por Morgoth contra sua família. Enquanto a esperança — por paz, família ou vitória — se desvanece, sua soberba não. E essa soberba, combinada à maldição de Morgoth, leva-o de um desastre a outro. Assim, ele se dedica completamente ao jogo da guerra, no qual é bastante hábil — sua proeza com espada e escudo é praticamente inigualável. Em Nargothrond, rejeita até mesmo os Valar, e o código de Beorhtwold de resistência condenada — em que a derrota, embora inevitável, não serve de argumento — torna-se quase uma religião para Túrin. Ele procura imitar o pai, que, ao desafiar Morgoth, realizou um "grande feito" que a morte não pode desfazer, pois está "escrito na história de Arda". Com tamanha soberba, chega até mesmo a ultrapassar Beorhtnoth: ele *constrói* a ponte — e, depois, recusa-se a derrubá-la — que logo auxilia os inimigos no saque e na ruína de Nargothrond.

De fato, Túrin acaba sendo autor de um dos feitos mais audazes de todas as Eras; será (vagamente) lembrado até mesmo no final da Terceira Era por matar Glaurung: o herói prototípico, o primeiro matador-de-dragão. Será que ele aprende a lição no confronto final com Glaurung, trazendo companheiros voluntários (mesmo que, no final, tenham desistido ou tombado), optando por uma abordagem taticamente sagaz em vez de um ataque frontal? Seus malfeitos são redimidos por essa façanha? Será que Tolkien busca recompensar sua resistência por meio da estranha profecia de Mandos e do papel que há de desempenhar na Dagor Dagorath, no fim do mundo? Seu legado, assim como o de Beorhtnoth, é aberto a interpretações. E, embora Tolkien tenha escrito e reescrito a história de Túrin, em maior ou menor extensão, em verso e em prosa, é importante lembrar que o material que jaz na fonte foi intencionalmente retido, como se perdido no tempo. Um texto-primigênio, o *Narn i Chîn Húrin* não é, como *Maldon*, o fragmento que sobreviveu de um poeta perdido, mas o poema perdido de um poeta conhecido, chamado Dírhavel. Afirma-se que a forma em verso desse conto perdido no mínimo lembrava de algumas maneiras a métrica aliterante do inglês antigo, na qual *Maldon* foi escrito e com a qual Tolkien certa vez experimentou escrever a história de Túrin, projeto que abandonou nos anos de 1920, ainda que também tenha dado origem ao que foi chamado de "A primeira versão de *O Silmarillion*".

É pouco surpreendente que *O Regresso* e o legendário compartilhem um ingrediente essencial, essa preocupação com os frutos da guerra e a ética do combate, mas, se quisermos a receita em si, devemos também considerar como esses ingredientes são incorporados no modo de fazer. Encontramos aqui uma ligação que não recebeu tanta atenção: pode-se dizer que uma grande parte de *O Senhor dos Anéis* segue o mesmo esquema dialógico de *O Regresso*.

Em última análise, o debate de Tída e Totta transcende Beorhtnoth e a rampa, e suas perspectivas acabam representando um contraste quixotesco entre fantasia e realidade, romance e realismo. Tais perspectivas são frequentemente contrastadas nas histórias de Tolkien. De fato, é difícil não pensar em *Maldon* quando Bilbo diz, em *O Hobbit*, que, tendo ouvido "canções sobre muitas batalhas", ele "sempre [entendeu] que a derrota pode ser gloriosa". Bilbo se esforça para ajustar essa visão à sua própria experiência depois de ir parar numa batalha assim — "parece muito desconfortável, para não dizer desanimadora". E, no entanto, mesmo esse Hobbit realista admite que se sentiu "esplêndido" usando uma espada da lenda de Gondolin; e, embora aquela batalha tenha sido "a mais horrenda de todas as experiências de Bilbo e a que na época ele mais odiou", paradoxalmente, era também "dela que ele tinha mais orgulho e mais gostava de recordar muito tempo depois".

Em *O Senhor dos Anéis*, porém, essas perspectivas são assadas junto da estrutura essencial da história: assim como as vozes de

Tída e Totta, elas se alternam em tensão do Livro III ao Livro VI. Com a partida de Boromir (outra figura que já foi comparada a Beorhtnoth) no início de *As Duas Torres*, a sociedade se dispersa, e a simples narrativa de uma demanda é cindida, permitindo que Tolkien exiba sua considerável aptidão na técnica de entrelaçamento do romance medieval. Os muitos enredos convergindo e divergindo às vezes podem ser desorientadores, mas Tolkien resumiu os "dois ramos principais" assim: "1. Ação Primária, os Portadores-do-Anel. 2. Ação Subsidiária, o resto da Comitiva que leva à questão 'heroica'" [*Cartas*, n. 210]. Nesse último, que vai do Livro III ao V, vemos o retorno milagroso de Gandalf como Cavaleiro Branco, a magia antiga da Floresta de Fangorn, a derrocada do mago Saruman e seus Uruk-hai e nossos heróis trilhando as Sendas dos Mortos e cavalgando para romper o cerco de Gondor. Embora a narrativa permaneça hobbitocêntrica e Merry e Pippin sejam nossos pontos focais elementares, temos uma aventura que toca as raias do esporte: oferecem suas espadas e tornam-se cavaleiros de reis e grandes senhores, desfrutam dos espólios de guerra em meio aos destroços de Isengard, ou cavalgam como o vento em Scadufax, com Gandalf nas rédeas.

Por outro lado, a jornada dos Portadores-do-Anel narrada no Livro IV e nos primeiros capítulos do Livro VI é de natureza diferente. Conforme Frodo e Sam se arrastam (vagamente) rumo a um destino que mal conseguem discernir, não são conduzidos pelos Sábios ou pelo Rei que retorna, mas pelo miserável Gollum. Vestem-se com trapos de Orques para não serem notados; os campos de batalha que atravessam são de milhares de anos atrás (embora os alagados enlameados não pareçam menos ameaçadores por isso), e coisas como comida, água limpa, ou uma hora de descanso tornam-se os mais raros dos luxos. O contraste entre as experiências vividas pelos Hobbits, se já não era óbvio, fica nítido com alguma reflexão. Encontrando-se novamente, afinal, nos limites do Condado, Merry compara sua aventura a um "sonho que desapareceu devagar". Mas, para Frodo, a volta para casa dá "mais a sensação de adormecer outra vez".

Portanto, quando Tolkien escreveu que *O Regresso* refletia a "divisão geral de afinidade demonstrada em *O Senhor dos Anéis*", estava falando sério. A palavra-chave é "divisão", pois ela captura tanto a estrutura essencial da narrativa quanto as tensões entre os dois ramos. As resenhas de C.S. Lewis da grande obra do amigo louvavam essa "invenção estrutural da mais alta ordem", deleitando-se com a habilidade de Tolkien em localizar um "ponto médio tranquilo entre a ilusão e a desilusão". Embora se possa dizer que Tolkien parece ocupar mais as bordas do que esse centro tranquilo, ambos os textos mostram mesmo um tipo de síntese em resolução. A matéria heroica dos Capitães do Oeste e sua última defesa diante do Portão Negro é, evidentemente, algo secundário, seja lá quantos heróis ostentem em suas fileiras. E, contudo, essa exibição desesperada — mesmo que não completamente desesperançada — de resistência malfadada ainda tem um papel a desempenhar para que a demanda tenha sucesso. Pois Sauron se distrai, e não percebe os dois Hobbits e seu astuto guia se arrastando para as Fendas da Perdição até que seja tarde demais. Talvez sua cabeça também estivesse cheia de antigas baladas acerca de brilhantes espadas e rostos régios. Igualmente, o resgate do corpo de Beorhtnoth requer a cooperação de Tída e Totta. Sem Tída, talvez ainda encontrássemos Totta batendo os dentes no meio dos mortos. Por outro lado, sem o vigor e o olhar aguçado de Totta, Tída certamente teria tropeçado na beira do Blackwater.

Falei um tanto sobre os ingredientes e o modo de fazer, mas, como Tolkien nos lembra em sua outra grande metáfora culinária em "Sobre Estórias de Fadas", "não devemos esquecer totalmente os Cozinheiros". Por trás do diálogo dramático em *O Regresso*, há a busca de Tolkien pelo poeta perdido de *Maldon*: a jornada aterrorizante de Totta pelo campo de batalha, sua longa conversa com Tída e seu misterioso sonho servem de gênese imaginativa para o poema mais velho, o último fragmento sobrevivente do cancioneiro em inglês antigo. Totta, portanto, junta-se a figuras como Dírhavel, Bilbo e Frodo — a longa linhagem de contadores de histórias que povoou e (dizem) produziu as histórias de Tolkien. As escritas rúnicas que adornam a sobrecapa de *O Hobbit* e *O Senhor dos Anéis* identificam Tolkien somente como compilador ou tradutor dessas obras antigas, o último elo do tipo nas longas correntes de transmissão que ele explora em "A Tradição da Versificação em Inglês Antigo". *O Regresso* e *O Senhor dos Anéis* são, no fim, histórias sobre histórias. São os poetas — os cozinheiros — que carregam o pesado fardo de preservar o fato e a ficção, a história e a lenda. Nossa compreensão tardia é muito influenciada pela forma que eles dão aos seus poemas e histórias.

E, no fim, ela está nas mãos do leitor, cuja liberdade Tolkien se esforça para defender. Podemos ouvir o pranto no arpejo d'harpa? Será que damos ouvidos ao apelo da voz no escuro, pedindo que escutemos por um momento? Pode-se dizer que provamos o pudim durante a leitura.

Quando Totta lamenta que "as cantigas morrem e o mundo decai", lembra-nos de certa forma da lição de Barbárvore, depois de contar a Merry e Pippin a triste história das Entesposas: "as canções, como as árvores, só dão fruto em seu próprio tempo e ao seu próprio modo: e às vezes murcham antes do tempo". Podemos ser gratos pelos poetas como Totta e pela sobrevivência improvavelmente fortuita das palavras deles, conspirando para nos legar o fragmento de *Maldon* e o código inesquecível de Beorhtwold, e ajudando, no fim, a gerar *O Regresso de Beorhtnoth* e *O Senhor dos Anéis* também.

Bibliografia

Atherton, Mark. *There and Back Again: J.R.R. Tolkien and the Origins of* The Hobbit. Londres: I.B. Tauris, 2012.

——. *The Battle of Maldon: War and Peace in Tenth-Century England*. Londres: Bloomsbury, 2021.

Bruce, Alexander M. "Maldon and Moria: On Byrhtnoth, Gandalf, and Heroism in *The Lord of the Rings*". In: *Mythlore* 26, n. 1, art. 11, 2007.

Bowman, Mary R. "Refining the Gold: Tolkien, The Battle of Maldon, and the Northern Theory of Courage". In: *Tolkien Studies* 7, 2010. pp. 91–115.

Carpenter, Humphrey. *J.R.R. Tolkien: Uma Biografia*. Ronald Kyrmse (trad.). Rio de Janeiro: HarperCollins, 2018

Deegan, Marilyn e Stanley Rubin. "Byrhtnoth's Remains: A Reassessment of his Stature". In: Scragg, D.G. (ed.). *The Battle of Maldon AD 991*. Oxford: Blackwell, 1991.

Drout, Michael D.C. "J.R.R. Tolkien's Medieval Scholarship and its Significance". In: *Tolkien Studies* 4, 2007. pp. 113–76.

Eddison, E.R. (trad.). *Egil's Saga*. Londres: HarperCollins, 2014.

Fisher, Jason. "J.R.R. Tolkien: The Foolhardy Philologist". In: Rateliff, John D. (ed.). *A Wilderness of Dragons: Essays in Honor of Verlyn Flieger*. Wayzata: Gabbro Head, 2018.

Gordon, E.V. (ed.). *The Battle of Maldon*. Londres: Methuen, 1937.

Grybauskas, Peter. "Dialogic War: From the Battle of Maldon to the War of the Ring". In: *Mythlore* 29, n. 3, 2011. pp. 37–56.

——. "A Portrait of the Poet as a Young Man: Omission in The Homecoming of Beorhtnoth". In: *A Sense of Tales Untold: Exploring the Edges of Tolkien's Literary Canvas*. Kent: Kent State University Press, 2021.

Hammond, Wayne G., e Christina Scull. *Chronology. The J.R.R. Tolkien Companion and Guide*. Londres: HarperCollins, 2017.

Holmes, John R. "The Battle of Maldon". In: Drout, Michael D.C. (ed.). *J.R.R. Tolkien Encyclopedia: Scholarship and Critical Assessment*. Nova York: Routledge, 2007. pp. 52–4.

Honegger, Thomas. "*The Homecoming of Beorhtnoth*: Philology and the Literary Muse". In: *Tolkien Studies* 4, 2007. pp. 189–99.

Lee, Stuart. "Lagustreamas: The Changing Waters Surrounding J.R.R. Tolkien and *The Battle of Maldon*". In: Christie, E.J. (ed.). *The Wisdom of Exeter: Anglo-Saxon Studies in Honor of Patrick W. Conner*. Kalamazoo: Medieval Institute Publications, 2020. pp. 157–75.

Lewis, C.S. "Tolkien's The Lord of the Rings". In: *On Stories and Other Essays on Literature*. São Francisco: Harcourt, 1982. pp. 83–90.

Mills, A.D. *A Dictionary of British Place-Names*. Oxford: Oxford University Press, 2003.

Parker, Eleanor. "'Merry sang the monks': Cnut's Poetry and the *Liber Eliensis*". In: *Scandinavica*, v. 57, n. 1, 2018.

Shippey, Tom. *The Road to Middle-earth*. Londres: HarperCollins, 2005.

——. "Tolkien and the Homecoming of Beorhtnoth". In: *Roots and Branches: Selected Papers on Tolkien*. Zollikofen: Walking Tree, 2007. pp. 323–39.

Smol, Anna. "Bodies in War: Medieval and Modern Tensions in 'The Homecoming'". In: Croft, Janet Brennan e Röttinger, Annika (eds.). *'Something Has Gone Crack': New Perspectives on J.R.R. Tolkien in the Great War*. Zollikofen: Walking Tree, 2019.

Stenton, Frank. *Anglo-Saxon England*. 3ª ed. Oxford: Clarendon Press, 1971.

Tolkien, Christopher. "Note on the Text". In: Tolkien, J.R.R. Flieger, Verlyn (ed.). *The Lay of Aotrou and Itroun*. Londres: HarperCollins, 2016.

Tolkien, J.R.R. *The Letters of J.R.R. Tolkien*. Humphrey Carpenter (ed.)., com Christopher Tolkien. Londres: HarperCollins, 1981.

——. *Finn and Hengest*. Alan Bliss (ed.). Londres: HarperCollins, 1982.

——. "Beowulf: The Monsters and the Critics", In: Tolkien, Christopher (ed.). *The Monsters and the Critics and Other Essays*. Londres: HarperCollins, 1983. pp. 5–48.

——. *The Lays of Beleriand. The History of Middle-earth I*. Christopher Tolkien (ed.). Londres: HarperCollins, 2002.

——. *The Treason of Isengard. The History of Middle-earth II*. Christopher Tolkien (ed.). Londres: HarperCollins, 2002.

——. *The Peoples of Middle-earth. The History of Middle-earth III*. Christopher Tolkien (ed.). Londres: HarperCollins, 2002.

——. *The Fall of Arthur*. Christopher Tolkien (ed.). Londres: HarperCollins, 2013.

——. *Beowulf: A Translation and Commentary*. Christopher Tolkien (ed.). Londres: HarperCollins, 2014.

——. "Dragons". In: *The Hobbit*. Edição de luxo. Livreto comemorativo. Londres: HarperCollins, 2018.

——. *O Hobbit*. Reinaldo José Lopes (trad.). Rio de Janeiro: HarperCollins Brasil, 2019.

——. *Contos Inacabados de Númenor e da Terra-média*. Christopher Tolkien (ed.). Ronald Kyrmse (trad.). Rio de Janeiro: HarperCollins Brasil, 2020.

——. *Os Filhos de Húrin*. Christopher Tolkien (ed.). Ronald Kyrmse (trad.). Rio de Janeiro: HarperCollins Brasil, 2020.

——. *O Senhor dos Anéis, Parte I: A Sociedade do Anel*. Ronald Kyrmse (trad.). Rio de Janeiro: HarperCollins Brasil, 2020.

——. *O Senhor dos Anéis, Parte II: As Duas Torres*. Ronald Kyrmse (trad.). Rio de Janeiro: HarperCollins Brasil, 2020.

——. *O Senhor dos Anéis, Parte III: O Retorno do Rei*. Ronald Kyrmse (trad.). Rio de Janeiro: HarperCollins Brasil, 2020.

——. "Sobre Estórias de Fadas". In: *Árvore e Folha*. Reinaldo José Lopes (trad.). Rio de Janeiro: HarperCollins Brasil, 2020. pp. 17–88.

——. *A Natureza da Terra-média*. Carl F. Hostetter (ed.). Gabriel Oliva Brum, Reinaldo José Lopes e Ronald Kyrmse (trads.). Rio de Janeiro: HarperCollins Brasil, 2021.

——. *MS. Tolkien 5*. Papéis de Tolkien, . Biblioteca Bodleiana, Univ. de Oxford. [n.d.].

——. *MS. Tolkien A 30/2*. Papéis de Tolkien, Biblioteca Bodleiana, Univ. de Oxford. [n.d.].

——. *MS. Tolkien A 38/1*. Papéis de Tolkien, Biblioteca Bodleiana, Univ. de Oxford. [n.d.].

——. *MS. Tolkien Drawings 88*. Papéis de Tolkien, Biblioteca Bodleiana, Univ. de Oxford. [n.d.].

——. *MS. 1952/2/1 "The Home-coming of Beorhtnoth Beorhthelm's Son"*. Arquivo Tolkien-Gordon. Coleções Especiais, Universidade de Leeds. [n.d.].

West, Richard C. "Canute and Beorhtnoth". In: Rateliff, John D. (ed.). *A Wilderness of Dragons: Essays in Honor of Verlyn Flieger*. Wayzata: Gabbro Head, 2018. pp. 335–58.

——. "Túrin's Ofermod: An Old English Theme in the Development of the Story of Túrin". In: Flieger, Verlyn. Hostetter, Carl F. (eds.). *Tolkien's Legendarium: Essays on The History of Middle-earth*. Westport: Greenwood Press, 2000.

Yates, Jessica. "The Influence of William Morris on J.R.R. Tolkien". Tolkien 2005: The Ring Goes Ever On. Trabalho apresentado em conferência, 2005.

Este livro foi impresso em 2023, pela Ipsis,
para a HarperCollins Brasil. A fonte usada
no miolo é Garamond corpo 11.
O papel do miolo é pólen bold 70 g/m².